孤岛凶案

[日] 东野圭吾 著

潘郁灵 译

１１文字
の殺人

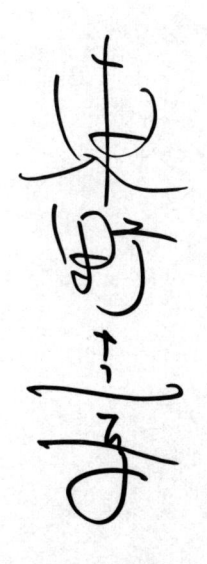

11字の殺人

目 CONTENTS 录

独白·一　001

第一章　某日刑警突然到访　003

不过现在再想这些事情已经没有任何意义了。
因为就在我们相识两个月后，川津雅之死在了海上。

第二章　他留下的东西　031

"绝对不能让其他任何人看到的资料……"
冬子一边思考着一边重复了我的这句话，随即就睁大了细长的眼睛。
"你是怀疑，她就是杀害川津先生的凶手……"

独白·二　061

第三章　消失的女人和死去的男人　063

"最近总在我们家外面鬼鬼祟祟的人，就是你吧？"
这句话究竟意味着什么？是谁，又是出于什么目的，在调查竹本幸裕的老家呢？

第四章　谁留下的信息　093

"请再允许我多说一句，如果凶手的目标是参加那次旅行的人员，那您就可能是下一个受害者。"

对话陷入长久的沉默。我和坂上丰互相看着对方的眼睛，谁也没有再说话。

独白·三　135

第五章　盲女的话　137

或许最终将出现两种结果。

一种结果是所有人都被杀了。那就成了现实版的阿加莎·克里斯蒂笔下的《无人生还》。

另一种结果是，只有一个人活下来，其他人都将被杀。那么，活下来的那个人很可能就是真凶了。

第六章　再次出海　163

出发几个小时后，游轮就到达了去年那起海难发生地的附近。接到山森社长的通知后，所有人都聚集到了甲板上。

"这就是我们去年漂到的那座岛。"

独白·四　177

第七章　一个奇妙的夜晚　179

　　冬子贴在岩石上，看上去就像一片小小的花瓣。她一动不动地，任凭海风吹拂着自己的身体。
　　一瞬间，我感觉自己所有的意识都被吸进了大海里。
　　"危险！"
　　有人撑住了我。海天一转，我的脚下一轻……

第八章　孤岛杀人案　189

　　这就足以消除所有人的嫌疑了吗？
　　怎么可能——我暗道。明明一个疑点都没消除。在我看来，这些人全都是敌人。这些我没有亲眼看到过的所谓"不在场证明"，对我来说都毫无意义。

第九章　什么也没发生　219

　　我抬起头看着她的眼睛。这种时候，决不能移开目光。
　　"其实……是一起谋杀案。"
　　"……"
　　"令千金与一起谋杀案有关。"
　　又是一阵沉默。

解说　活力满满的体育系作家
　　　　宫部美雪　265

当人性坠入深海
　　——《孤岛凶案》译后记　273
　　　　　　　潘郁灵

无人岛上
传来的
浓浓杀意

独白·一

写完这封信，我突然觉得有点头晕。

这是一封简单至极的信，全文仅有一行字。但一切都是从这行字开始的。

而且，已经无法回头。

没过多久，我就决定了。

简单来说，就是做与不做的问题。没有其他选择。

当然，其他人或许会有不同意见。无论"正义"如何，他们都会指出第三条路吧。

而且——人们不是常说，人类是一种软弱的生物吗？

虽然大家都这么说，但这并非真理。

全都是些让人听了都想打哈欠的无用建议。满篇的谎言与逃避。这种无意义的讨论，无论进行多少次都不会有结论。我甚至都没有过一丝一毫动容。

我的心里现在充满了仇恨。我放不下这份仇恨，也无法带着仇恨继续生活。

孤岛凶案
11 文字 の 殺人

别无选择,只能行动。然后,我要再问"他们"一次:真正的答案是什么?

不——

"他们"是不会告诉我的。但他们一定从一开始就知道这个答案。

一想到这里,我的仇恨就如烈焰般熊熊燃烧。

"无人岛上传来的浓浓杀意。"

——仅此一句,便是所有。

第一章
Chapter 1

某日刑警突然到访

不过现在再想这些事情已经没有任何意义了。

因为就在我们相识两个月后,川津雅之死在了海上。

1

"我被人盯上了。"

他将装有波本威士忌的玻璃杯倾斜着,任由冰块在杯中咔咔作响。

"什么盯上了?"

我只当他在开玩笑,便随口问道。

"被盯上了……什么被盯上了?"

"命。"他答道,"我总觉得有人要杀我。"

我笑了。

"那对方为什么要杀你?"

"谁知道呢?"

他沉默了片刻才继续说道。

"我不知道。我也想知道啊。"

他的声音听起来很沉重,我忍不住发笑。我盯着他的侧脸看了一会儿,接着扭头看向柜台后面的酒保,然后收回目光看向了自己的双手。

"也就是说,虽然不知道原因,但就是感觉自己被人盯上了?"

"不单是感觉。"他说,"我确确实实被盯上了。"

第 一 章　某日刑警突然到访

说着,他又叫了一杯波本威士忌。

我环顾四周,确定没有人注意到我们后,才看着他说道:

"跟我仔细说说?到底发生了什么?"

"就是……"

他一口喝干波本威士忌后,点燃了一支烟。

"就是我被人盯上了。仅此而已。"接着,他又低声道,"这下麻烦了。我本来不想说的,结果还是忍不住说了,大概是受了白天那件事的影响吧。"

"白天那件事?"

"没什么。"他摇摇头,"我不该跟你说这个。"

我看着手中的玻璃杯。

"是因为你觉得就算告诉我也改变不了什么吗?"

"不完全是这个原因。"他解释道,"我不想给你造成不必要的担心。而且这么做并不会消除我的焦虑。"

我没有做出任何反应,只是变换了一下双腿在吧台下的交叉姿势。

"也就是说,你被某个人给盯上了?"

"嗯。"

"而你又猜不到对方是谁?"

"好奇怪的问题啊。"

这还是他走进这家酒吧后露出的第一个笑容。白色的烟雾从他的齿间缓缓溢出。

"既然都怀疑有人想杀自己了,怎么会全无头绪呢?换作你呢?"

"如果是我。"我停顿了一下,"可以说没有,也可以说有。我觉得杀心其实就是一种价值观。"

"我也这么觉得。"他缓缓地点点头。

"那么,其实你猜到了些什么,对吗?"

"不是我自夸,我应该猜到了大部分。"

"可是不能说出来?"

"我总觉得一旦说出来,我的预感就会成真。"他说道,"我胆小。"

后来,我们就只是继续默默喝酒,喝够了后放下酒杯走出酒吧,走进了蒙蒙细雨中。

我胆小——他说的最后一句话,我一直记到现在。

2

他叫川津雅之,是我朋友的朋友。

这位朋友就是我的责任编辑,名叫萩尾冬子。冬子是一位职业女性,在某出版社工作了近十年。她总是身着笔挺的职业装,高视阔步,颇有英国贵妇的风范。我刚进入这个行业就认识她了,算起来也差不多有三年了。她和我同岁。

大约两个月前的某一天,冬子见到我后居然不是直接聊稿子,而是先谈起了男人。我记得那一日,奄美大岛正式宣布进入雨季。

"我遇到了一个很棒的男人。"

第一章 某日刑警突然到访

她一脸认真地说道。

"就是自由撰稿人川津雅之,你认识吗?"

我表示自己不认识。我甚至还不太认识自己的同行,就更不可能认识什么自由撰稿人了。

冬子告诉我,川津雅之正准备出版自己的专著,二人就是在出版筹备会上认识的,然后越走越近。

"他个子很高,而且还很帅呢。"

"哦?"

我认识她这么久,还几乎没见她主动提起过哪个男人。

"你看上的男人,我倒真想见见呢。"

听我这么说,她也笑道:

"好啊,那等下次。"

我根本没放在心上,我想她也一样。我们都只是随口一说,所以很快就忘了这件事。

不过几周后,我还是见到了那位川津雅之。当时我和冬子一起走进酒吧,发现他居然也坐在里面,旁边还坐着一位正在银座举办个展的胖画家。

川津雅之的确是个很有魅力的男人。身高约莫一米八,古铜色的肌肤,看起来十分健壮,穿着一件十分得体的白色夹克。看到冬子后,他坐在吧台上朝我们轻轻招了招手。

冬子过去和他闲聊了几句,顺便引荐了我。不出所料,他也不认识我。听说我是个推理作家后,他略带困惑表情,点了点头。这也是人之常情。

孤岛凶案
11 文字の殺人

那天，我们在店里聊了很久。现在回想起来还觉得有些不可思议，当时我们哪来的那么多话题呢？我甚至不记得我们具体都聊过什么了。唯一能记得的，就是当天我们几个聊完后，只有川津雅之和我两个人先走出了那家酒吧，又到另一家店里坐了大约一个小时。虽然我有点喝醉了，但也还没醉到需要让他送我回家的地步。他也没有坚持要送我。

三天后，他给我来了个电话，说想邀请我一起吃顿饭。我没有理由拒绝，更何况他还那么迷人，便毫不犹豫地接受了。

我们走进酒店的餐厅，点完菜后喝了一口白葡萄酒。接着，他就问道："推理小说有什么魅力？"我没有多想，只是机械性地摇了摇头。

"你也不知道吗？"他又问道。

"要是知道，我不就能做个畅销书作家了吗？"

我答道。

"那你觉得呢？"

他挠了挠鼻翼说："虚构的魅力吧。现实生活中，并不是所有事都非黑即白，大多数事物都处于黑白交界、对错之间。所以就算我们提出一个问题，也未必都能得到准确的答案。大部分情况下，我们看到的都只不过是整件事的冰山一角罢了。但小说不同，它本身就有一个完整的结构，我们可以将其视为一栋完整的建筑物。而推理小说则无疑是其中最为富丽堂皇的那一栋。"

"也许你说的对。"我说，"那你是否也曾因分不清对错而彷徨过？"

第一章　某日刑警突然到访

"当然也有过。"他微微扬起嘴角。

看来是真的。

"那你写过这方面的文章吗?"

"以前写过。"他回答道,"但有些东西是写不出来的。"

"为什么会写不出来呢?"

"多方面原因。"

说这句话时,他似乎有点不太高兴,但很快又恢复了笑容,与我谈起了绘画。

那天晚上,他来了我家。我家里还残留着许多前夫的痕迹。一开始他似乎有些吃惊,不过很快就习惯了。

"他是个报社记者。"我说起了前夫的事情,"几乎不回来,后来也就不需要这个家了。"

"后来就没再回来过?"

"是的。"

在那张我曾与前夫温存过的床上,川津雅之抱着我,他比我的前夫温柔多了。

事后,他搂着我的肩膀问我道:"下次来我家吧?"

自那以后,我们每周都会约会一两次。大多数时候是他来我家,当然我也偶尔会去他家。他说自己单身且从未结过婚,但家里却意外地干净整洁。难道是请了专人打扫?

我们的关系很快就被冬子发现了。当时她来找我取稿子,他正好也在,我就不打算辩解什么了。而且本来也不需要辩解。

"你爱他吗?"和冬子单独在一起时,她问我。

"很喜欢。"我坦言。

"打算跟他结婚吗？"

"怎么会呢？"

"是嘛。"

冬子显然松了口气，美丽的唇角轻轻扬起。

"当初是我介绍你们认识的，你们能在一起我也很高兴，但最好还是别陷得太深，现在这个状态最好。"

"别担心，毕竟我已经吃过一次苦头了。"我说。

后来的两个月，我与川津雅之一直都维持着与冬子约定好的状态。六月，我们一起出去旅行了一次，幸好他没提出结婚的要求。要是他提了，我还真不知该怎么回答。

仔细想想，就算他向我求婚也没什么不对。他今年三十四岁，早就到了适婚年龄。这么说来，他在和我交往的时候，其实也有意和我维持着一定的距离？

不过现在再想这些事情已经没有任何意义了。

因为就在我们相识两个月后，川津雅之死在了海上。

3

七月的一天，刑警向我传达了他的死讯。现实中的刑警比我在小说中所描写的人物看起来普通许多，但很有气势——或许可以理

第一章　某日刑警突然到访

解为一种说服力。

"今天早上,我们在东京湾发现了一具漂浮的男尸。对其随身物品进行调查后,确认死者就是川津雅之先生。"

说话的刑警年约四十岁,个头不高,但看起来很健壮。另一位年轻的刑警则只是安静地站在一旁不说话。

我愣了几秒,然后咽了咽口水。

"已经确认身份了?"

"是的。"刑警点点头,"川津先生是静冈人,对吧?他妹妹从老家赶来辨认了死者身份,同时我们也查询了死者的牙科记录和X光片。"

最后他又加上了一句"确认是川津雅之先生无疑"。

见我沉默,刑警又开口问道:"不过还有些细节问题,想找您谈谈,方便吗?"

我这才意识到他们还站在门口。

于是让他们先到附近的一家咖啡馆坐坐,我随后就来。两位刑警轻轻点了点头就离开了。他们走后,我站在门口,呆呆地看着门外。接着,深深地叹了口气后,关上门,走进卧室,换了一身外出服。走到梳妆台前,本打算至少涂个口红出门,却被镜子里的自己吓了一跳。

怎么会憔悴至此,似乎就连扯出一个表情都很费劲。

我移开目光,深吸一口气后,重新看向镜中人。这次略有了些变化,我了然地点点头。我确实喜欢他。听闻喜欢的人去世,自然会觉得伤心。

孤岛凶案
11 文字の殺人

几分钟后，我走进咖啡馆，在刑警对面的椅子上坐了下来。这家店我经常光顾，店里也售卖蛋糕。这儿的蛋糕不太甜，但清爽可口。

"川津先生是被人杀死的。"

刑警直接切入主题道。对于这个预料之中的答案，我并不意外。

"杀人手法呢？"我问道。

"凶手很残忍。"刑警皱起了眉头，"凶手用钝器击中他的后脑勺后，将他扔到了海港边。就像随手丢弃垃圾一样。"

我的男朋友被人像丢垃圾一样随地丢弃……

刑警咳了一声。我抬起头。

"那死因是脑出血吗？"

"不。"

他说完看着我停顿了一下，然后继续说道：

"现在还不能确定。虽然他的后脑勺上的确有被重击过的痕迹，但还要等尸检结果出来后才能下结论。"

"这样啊？"

也就是说，不能排除凶手先用其他方法杀死他，再重击其后脑勺后抛尸？要真是这样，凶手为何要多此一举呢？

"是的。"

见我神情恍惚，刑警喊了喊我："您和川津先生关系很好吧？"

我点点头，没有否认的理由。

"是情侣吗？"

"应该算是吧。"

刑警问了我们相识的过程，我也都一一照实回答。虽然也担心

第一章　某日刑警突然到访

会给冬子造成不必要的困扰，但还是提到了她的名字。

"您最后一次和川津先生说话是在什么时候？"

我想了一会儿答道："前天晚上，他约我出去了。"

我们去餐厅吃过饭后，又在酒吧喝了会儿酒。

"你们当时都聊了些什么？"

"很多……不过。"

我低头看着玻璃烟灰缸。

"他说自己好像被人盯上了。"

"被人盯上了？"

"是的。"

我把他前天晚上说的那些话重复了一遍。刑警听完，眼中突然发出了炽热的光芒。

"您是说，川津先生当时已经知道了些什么？"

"我也不是很确定。"

毕竟他自己当时也没有明确表示过知道些什么。

"但您不知道，是吗？"

我点点头："嗯，我不知道。"

随后，刑警询问了一些关于川津的交际圈以及生活方面的问题。但我对那些几乎一无所知。

"顺便问一下，您昨天在哪里？"

最后一个问题是关于我的不在场证明。之所以没有给出具体时间，想必也是因为目前尚未明确推定死亡时间吧。不过，就算精确到小时，我也拿不出任何不在场证明。

孤岛凶案
11 文字の殺人

"我昨天一整天都在家里工作。"

我答道。

"如果有证据就更好了。"

刑警抬眼看着我。

"很可惜。"我摇摇头,"没有。昨天家里就我一个人,也没有客人来过。"

"那的确很可惜。可惜的事情可真多啊。百忙之中打扰您,真不好意思。"

刑警说完就起身离开了。

如我所料,冬子那天晚上来找我了。进门时喘着粗气,像是一路狂奔而来。当时我开着文字处理机,但一个字都没打出来,便已经喝起了酒。其实在那之前,我就已经哭了好一会儿了。一直等到哭累了,才准备开罐啤酒。

"听说了吗?"冬子一进门就问道。

"刑警来过了。"我答道。

她一开始有些惊讶,但似乎很快就想明白了。

"你什么线索都没有吗?"

"没有,只知道他被人盯上了。"

看着目瞪口呆的冬子,我将前天和川津雅之的谈话内容又说了一遍。和刚才那位刑警一样,她也遗憾地摇了摇头。

"你有什么可以做的吗?比如找警察聊聊?"

"我也不知道。但他当时没有报警,一定有什么特殊的原因吧。"

她又摇了摇头。

"那么，你什么都不知道吗？"

"不知道啊，而且……"说到这里，我停顿了一下，"因为我对他的生活几乎一无所知。"

"是嘛。"冬子一脸失望，那副表情就和白天的刑警一模一样。

"我刚刚一直都在回想他的事情。"

我说道。

"但确实找不到一点线索。我们两个之间似乎一直都有一根无形的线，而且我们也会自觉地尽量不越界。而这次的事情刚好发生在他的领域。"

我问她想不想喝酒，冬子点点头。我起身去厨房取啤酒时，身后传来了她的声音。

"你们平时聊天时，有听他说起过什么特别的事情吗？"

"我们最近没怎么聊天。"

"多少总会聊一些吧？你们不会一见面就直接上床吧？"

"差不多。"

回答的时候，我的脸颊似乎微微抽了一下。

4

他的葬礼安排在了两天后，冬子开奥迪带着我去了他在静冈的老家。那天的高速公路意外地通畅，从东京开到静冈居然只用了两

个小时左右。

他家是一栋两层的木结构小屋。四周围着篱笆，里面有一个很大的庭院，应该是个家庭菜园。

两位女性——一位年逾六十的银发妇人，一位身材高挑、修长的年轻女子——静静地站在门口，想必是他的母亲和妹妹吧。

看起来，今天来送他的人中，一半是亲戚，一半是同僚。而且我似乎能一眼看出哪些是出版行业的人。冬子发现了一个熟人，便走过去与之聊了几句。

据说是川津雅之的责任编辑。这是个皮肤黝黑、小腹微突的男人。冬子告诉我，他姓田村。

"听说川津先生的遭遇后，我真是太震惊了。"

田村慢慢地摇了摇他那圆圆的脑袋。

"从尸检结果来看，他应该是在死后次日才被发现的。据说是死于毒杀。"

"毒杀？"

这个细节我还是第一次听说。

"好像是一种农药。凶手用毒杀害了川津先生后，还用锤子之类的工具重击了他的头部。"

"……"

我的胸口像是被什么东西给堵住了。

"那天晚上，他似乎去过一家常去的餐厅，根据胃里残留食物的消化情况，就能得出比较确切的结论。啊，这些事您应该都知道吧？"

第一章　某日刑警突然到访

我不置可否地点了点头。

"推定的死亡时间知道了吗？"

我问道。

"据说是十点到十二点之间。其实那天我问过他，如果有时间的话，要不要出来陪我喝两杯。不过他说已经有约了，便拒绝了我。"

"也就是说，川津先生当时约了其他人？"冬子问道。

"应该是的。早知道会发生这样的事，我就该追问一句他约了谁。"

田村一脸懊恼。

"那你跟警察说过这件事吗？"

我问道。

"当然说了。所以他们正在全力寻找那个和川津见过面的人，但目前似乎尚无任何线索。"

说罢，他咬了咬嘴唇。

上香仪式结束后，一个看起来不到三十岁的女人走来和田村打了个招呼。她的肩膀比一般女人都要宽上许多，甚至可以称得上壮硕，还留着一头男孩式的短发。

田村见到她后，先是点头回了个礼，然后才开口问道：

"你最近见过川津先生吗？"

"没有呢。那件事后我们就没有再合作过了，大概川津先生觉得和我合作不太愉快吧。"

她不仅长得像男人，就连声音、语气都像极了男人。不过她与田村的关系似乎并不十分亲密。说完这几句话后，她就点头致意，

然后从我们面前走开了。

"她叫新里美由纪,是个摄影师。"

等她走远后,田村低声解释道:

"她曾经和川津先生共事过。两个人一起去过好多地方,都是由川津先生写游记,她来拍照。据说还在杂志上连载了几期呢。但也就只有几期而已。"

接着,他又补充道:"那都是一年前的事了。"

我再一次感慨,自己对川津雅之的工作方面真是一无所知啊。也许接下来我该多了解他一些吧。不过事已至此,这么做又有什么用呢?

5

葬礼结束两天后的那个夜晚,我终于打起精神重新进入工作状态。文字处理机旁的最新款电话突然响了。拿起听筒后,我听到了一个极其微弱的声音,就像是从真空管内传来的一样。我甚至一度怀疑自己的听觉是不是出了什么问题。

"不好意思,可以请你大声一点吗?"

话音刚落,听筒内就突然传来了"啊"的一声。

"这个音量可以吗?"

那是一个年轻女子的声音,略有些沙哑,所以听得不太清楚。

第一章　某日刑警突然到访

"哦，这样可以了。请问您是哪位呢？"

"那个……我叫川津幸代。是雅之的妹妹。"

"哦哦！"

我记得在葬礼上见过她。不过当时我只是点头致意后就离开了，并未和她有过其他接触。

"其实，我现在在我哥哥家里，嗯……正在整理他的遗物。"

她继续用模糊不清的声音说道。

"这样啊……需要我帮什么忙吗？"

"哦，不用，我一个人可以处理。今天只准备整理遗物，明天才会找搬家公司来帮忙运走。给您打电话，是因为有件事想问您一下。"

"问我？"

"是的。"

接着，她告诉我，在整理哥哥的遗物时，她发现房间的壁橱里存放着大量资料和剪报。虽然她也可以将这些资料全都运回静冈老家，但如果有哥哥的朋友需要，或许自己的哥哥在九泉之下也会感到欣慰吧。并表示如果我需要，她就马上用快递寄过来。

这些资料对我来说自然是求之不得的巨大财富。作为一个自由撰稿人，他对许多领域都有所涉足。所以那些他积攒下来的资料，无疑是一个巨大的宝库。而且，我也可以通过这些资料，对他生前的生活有更多了解。我二话不说便立刻同意了。

"那我马上给你发过去。要是现在发，或许还来得及今天到你家……对了，请问你还有什么需要的东西吗？"

孤岛凶案

11 文字の殺人

"需要的东西？"

"就是比如……你有没有什么东西落在我哥哥家里？或是我哥哥留下的东西中，你有没有什么想拿走的呢？"

"我应该没有落下过什么东西……"

我看了看放在桌子上的手提包，他家的备用钥匙还在里面。

"不过倒是有件需要送过去的东西。"

听说是备用钥匙后，川津雅之的妹妹说只要寄过去就可以了。但我还是决定亲自过去一趟。一则邮寄很麻烦，二则我也想去死去的恋人家里再看最后一眼。毕竟我们也交往过两个月。

"那我等你来。"

从头到尾，川津雅之妹妹的声音都十分微弱。

他的公寓位于北新宿。一楼的102室便是他的家。按响门铃后，那个曾在川津的葬礼上见过的瘦高女人出来开了门。她长着一张瓜子脸，鼻梁高挺，绝对算得上美人。只可惜有些土气，倒是浪费了这般美貌。

"很抱歉让你特意来一趟。"

她道过歉后，给我拿来了一双拖鞋。

我脱掉鞋子，刚换上拖鞋，就听到里屋传来了声音，接着从里面走出来一个人。

如果我没记错，这应该是我在葬礼上见过的女摄影师新里美由纪。与我四目相对后，她点头致意，我也有些不明所以地朝她点了点头。

"这位是新里小姐，好像曾和哥哥在一起工作过。"

第一章　某日刑警突然到访

雅之的妹妹向我解释道。

"我们也是刚认识不久。只是新里小姐说以前曾经受过我哥哥诸多照顾，所以特意来帮我整理东西。"

接着，雅之的妹妹又向新里美由纪介绍了我——哥哥的女朋友，同时也是位推理小说作家。

"很高兴见到你。"

正如我在葬礼那天听到的那样，美由纪的声音有些粗犷。她说完便再次走进房间。

"她知道你明天要搬走这些东西？"

待美由纪的身影消失在房门那头后，我才低声询问幸代。

"我没说过。只是她自己觉得大概也就是这两天，所以就过来了。"

"这样啊……"

我有些疑惑地轻轻点了点头。

家里的东西已经被幸代收拾得差不多了。书架上的大部分书都被装进纸箱，厨房的柜子里空空如也。就连电视和音响上的插头都被拔掉了。

我在客厅的沙发上坐下，幸代端来了一杯茶。看起来餐具还留有几个在桌上。接着，她又给已经走进雅之房间里的新里美由纪端了一杯茶过去。

"我哥哥常跟我提起你。"

她在我对面坐下，语气很平静。

"说你是一个很能干、很优秀的人。"

孤岛凶案
11 文字の殺人

虽说这可能只是客套话,但我丝毫不觉得反感,甚至还会觉得有些不好意思。

我端起茶杯喝了一口,问她:

"你平时常和你哥哥聊天吗?"

"嗯,他每一两周都会回趟家。因为工作的关系,我哥哥经常出差,所以我和母亲都很期待听他讲讲外面的故事。因为我一直都在老家的银行工作,对外面的世界几乎一无所知。"

说完,她也喝了口茶。原来电话里声音很轻,是她天生嗓音就微弱的缘故。

"对了,这个要还给你。"

我从包里掏出备用钥匙放在桌子上。幸代盯着钥匙看了好一会儿才开口问道:

"你和我哥哥原本有打算结婚吗?"

这个问题很难回答,但我又不得不回答。

"我们从来没谈过这件事。因为我们不想束缚对方。而且我们也都明白,婚姻给自己带来的只会是负面影响。另外……嗯,其实我们都还不够了解对方。"

"你不了解我哥哥吗?"

她闻言惊讶道。

"不太了解。"我说,"甚至可以说完全不了解。所以我不知道他为什么会被杀,也找不出任何线索。他从来没对我说过自己的过去,或是工作方面的事情……"

"是吗……你们从来不聊工作吗?"

第 一 章　某日刑警突然到访

"是他不愿意跟我聊这些。"

这个说法更准确些。

"啊，要是这样的话。"

幸代说着起身向那堆纸箱走去，然后从橘子包装盒大小的纸箱中掏出了一捆纸放在我面前。

"这些应该是我哥哥近半年的日程安排。"

我接过来一看，上面的确写满了各式各样的工作计划。似乎大部分都是与出版社相关的会议或采访行程。

我突发奇想地翻了翻他最近的行程表，想看看他有没有在上面写下与我约会的日程安排。

一直翻到他被杀前几日的记录，我看到了我们约会的店名和时间。那是我们最后一次见面。我的心里突然涌起一阵难以言喻的感觉。

不过我的目光很快就被另一行文字所吸引。只见在白天计划栏处，出现了一行字迹潦草的小字：

16:00 山森运动广场

山森运动广场里面有个运动中心，雅之在那边办了一张健身卡，是中心健身房的常客。关于这些事情，我还是多少知道一些的。

唯一让我觉得奇怪的是，他说过最近脚痛，所以近期应该不会去运动才是。难道那天已经好转了？

"怎么了？"

见我沉默不语，川津雅之的妹妹一脸关切地问道。

我摇摇头："没什么。"

也许这里的确有疑点，但我现在也不敢断言什么。

"这个可以借给我吗？"

我拿着日程安排表问她。

"当然可以。"她笑道。

就在我们都不再说话的空当，新里美由纪也正好从雅之的书房出来了。

"那个，川津的资料只有这些吗？"

美由纪用一种怀疑，甚至带有几分责备的语气问道。

"是的，都在这里了。"

听到幸代的回答后，这位年轻的女摄影师有些疑惑地微微低下头，随后又像下定了什么决心似的抬头问道：

"不是这种类型的。他有没有留下一些工作的资料或者剪报册？"

"工作的资料？"

"你是有什么想看的东西吗？"

我问道。她突然目光犀利地看向我。

我继续说道：

"刚才幸代给我打了电话，我已经拜托她将川津的资料全都寄给我了。"

"已经寄出去了？"

她的眼睛瞪得更大了，并迅速扭头看向幸代确认道：

第一章　某日刑警突然到访

"真的吗？"

"是的。"幸代答道，"我觉得这样比较好……怎么了？"

美由纪轻咬着下唇，好一会儿才又看向我。

"那么，那些资料应该明天就会到达你家了吗？"

"这个，我也说不准……"

我看了看幸代。

她点点头："东京市内的包裹，明天应该就能送到。"

她看着新里美由纪答道。

"嗯……"

美由纪一动不动地站在那里，眉眼低垂，像是在思考什么。过了一会儿才下定了决心似的抬头说道：

"其实，川津先生留下的那些资料中，有一件是我非常需要的。因为工作方面的需要，真的非常重要……"

"这样啊……"

我心生疑惑，难道她今晚来帮忙收拾，其实也是为了拿到那份资料？那她一开始就直接说不就好了吗？当然，我也只是想想而已，并未真的说出口。

"那要不，你明天来我家吧？"

我问道。她似乎顿时松了一口气。

"会不会打扰你呢？"

"没关系，那份资料是明天一大早就要吗？"

"那倒不是，明天之内就可以了。"

"那就明天晚上过来吧。那会儿包裹也肯定送到了。"

"那就太感谢了。"

"不用客气。"

我们约定了时间后,新里美由纪又补充了一句:

"我还有个不情之请,就是希望在我到达之前,请先不要打开那些资料。因为如果混在一起,我可能会找不出那份资料。"

"啊……那好吧。"

虽然是个奇怪的要求,但我还是同意了。反正那些资料对我来说还不至于重要到马上就会用到的地步。

我们应该没有什么其他事要谈论了,而且我也该回去稍微整理一下思路,便向幸代告辞了。出门前,新里美由纪有些不放心地和我再次确认了约定的时间。

6

那天晚上,冬子带了一瓶白葡萄酒来。她工作的地方离我家很近,所以常常会在下班后拐过来,有时干脆就在我家睡下了。

我们一边喝着酒,一边吃着酒蒸三文鱼。虽然冬子说这些东西都很便宜,但不得不说味道还真是不错。

喝到瓶中只剩下大约四分之一的酒时,我起身取来了放在文字处理机旁的那堆资料。这就是我从幸代那里拿来的雅之日程安排表。

我说了白天的事情,然后指着日程表的某处对冬子说:

第 一 章　某日刑警突然到访

"我总觉得这里有点奇怪。"

我指着的地方，正是"16:00 山森运动广场"那行字。

"川津平时不也常去运动中心吗？"

冬子有些不明所以地看着我。

"这里不对劲。"

我快速翻找着日程表。

"你再看看这张表，除了这里外，就没有再出现过要去运动中心的安排了。他曾经说过自己运动的时间并不固定，什么时候有时间就什么时候去。要是这样，他为什么会特意在这一天写下去运动中心的日程安排呢？而且，他最近脚痛，应该不会去健身房的。"

"嗯？"

冬子哼了一声，歪着头思考了起来。

"那还真是挺奇怪的啊……那你有什么思路吗？"

"嗯，所以我猜测，应该是他在这一天约了什么人见面吧。"

冬子依然歪着头，我继续说道：

"也就是说，他并不是要在 16 点去山森运动广场锻炼，而是要在运动广场见一个叫山森的人。"

看他的其他行程安排就不难发现，他喜欢用包含时间、姓名和地点三要素的方式来填写，例如"13:00 00 山田××公司"。所以我才会有这一猜测。

冬子点点头："好像有点道理哟。"

"比如山森是指山森运动广场的社长……他们约好了当天采访之类的？"

"的确存在这种可能性。"

我犹豫了一下，还是决定告诉她。

"但我觉得还有其他可能。你记不记得我跟你说过，他说自己被人盯上了。"

"记得。"

"他当时还说过一句话——我不该跟你说这个。那他为什么最终还是告诉我了呢？我觉得应该是受到了白天某件事的影响吧。"

"白天某件事？什么事？"

"我也不知道。他什么都没对我说，但我总觉得他在那天的白天应该也对其他人说过同样的话。"

"那一天指的就是……"

冬子用下巴指了指日程表。

"16点，山森……的那天。"

"是的。"

"哦？"

冬子有些同情地看着我。

"但我觉得，会不会是你想多了。"

"也许吧。"

我老实地点了点头。

"但既然已经有了这个疑惑，我想明天还是打电话去运动广场问问吧。"

"你准备去见山森社长。"

"如果他愿意的话。"

第一章　某日刑警突然到访

冬子一口喝掉了杯中的酒后，长叹了一口气。

"想不到啊，你这次居然这么用心。"

"是吗？"

"是啊。"

"毕竟我很喜欢他啊。"

说着，我把剩下的酒平均倒入两个杯子里。

１１文字の殺人

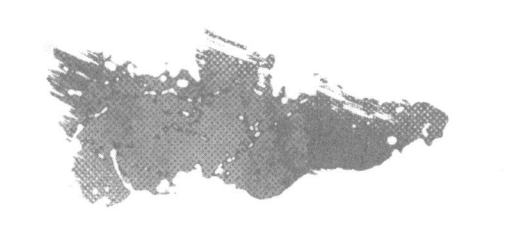

第二章
Chapter 2

他留下的东西

"绝对不能让其他任何人看到的资料……"
冬子一边思考着一边重复了我的这句话,随即就睁大了细长的眼睛。
"你是怀疑,她就是杀害川津先生的凶手……"

1

那晚,冬子留宿在我家。第二天早上,她会替我致电山森运动广场预约采访时间。因为我们觉得以出版社的名义预约,应该会更容易得到对方的同意。

看起来,对方似乎同意了我们的采访申请,但对于我们提出约见社长的请求,则表示有些为难。

"还请您帮忙约一下社长,我们的作家老师真的很想和社长当面聊聊。"

作家老师指的是我。

过了一会儿,冬子报上了我的名字。应该是对方在询问究竟是哪位作家老师吧。但我目前还是个默默无闻的小作家,对方大概也不认识吧。也许会因为没听说过我而拒绝我的申请吧。我不由得紧张起来。

冬子就像要消除我的紧张似的,突然露出了激动的表情。

"哦,是吗?好的好的,您请稍等一下。"她用手掌捂住话筒低声问道,"对方说社长今天可以见我们。你能过去吗?"

"可以啊。"

于是冬子帮我约好了会面的时间——今天下午一点,公司前

第二章　他留下的东西

台见。

"山森社长好像听说过你的名字。"

冬子放下电话后一边说着,一边比了个胜利的手势。

"也未必呢。可能虽然不知道我是谁,但觉得至少我能帮他的运动中心做做宣传吧。"

"我觉得不是。"

"只是你觉得啦。"

我微笑道。

从我家到运动中心只要一个小时就够了,不过为了以防万一,我还是打算在中午之前出门。就在我刚把一只脚伸进鞋子时,门铃响了。

打开门一看,外面站着一个看着有些邋遢的男人,一身深蓝色T恤已经被汗水浸透。

"快递到了。"一个例行公事的声音从他口中传来。看来是幸代寄出的快递提早到了。我连忙脱掉刚刚穿好的那只鞋子,转身回屋去拿印章。

快递一共有两箱,看起来比昨天看到的那个装橘子用的箱子大出了不止一倍。胶带贴得十分平整,可见幸代是个认真细心的人。

"看起来好重啊。"

我看着门口的两个箱子说道。

"是很重。里面都是文件,这种东西一般都很重。"

"能帮我搬一下吗?"

"好的。"

孤岛凶案
11文字の殺人

我还是决定委托快递员帮我将箱子搬进来。真的太重了,我都忍不住怀疑里面装的是不是铅块了。

就在我们准备将第二个箱子搬进来时,我用余光看到了什么东西一闪而过。

——咦?

我条件反射性地朝那边看去。好像有什么东西迅速消失在了走廊的拐角处。

我干脆停下手上的动作,看向那个方向,只见一个人脸探了出来,然后又迅速缩了回去。我看不清对方的长相,只知道那人戴着眼镜。

"那个。"

我轻轻碰了一下快递员的手臂。

"那边的角落里好像有个人,你来的时候有注意到吗?"

"嗯?"

他瞪大眼睛朝那边看去。然后似乎想到了什么似的点了点头。

"是有个人,好像是个看起来有些奇怪的老爷爷。我刚刚用手推车把箱子搬过来的时候,他就一直盯着我看。我瞪了他一眼,然后他就转过脸去了。"

"老爷爷?"

我又朝拐角处看了一眼。心下一动,迅速穿上门口的凉鞋快步走了过去。但拐角处已经没有人了。我看向电梯,只见电梯正在缓缓下降。

回到家里,冬子一脸担忧地问道:

第二章　他留下的东西

"怎么样?"

"那边已经没人了。"

我问快递员那个老人长什么样子。他沉思了片刻说道:

"看起来没什么特别的,一头白发,中等身高,穿得还算得体,上身着一件浅棕色的外套。我只看了一眼,所以不记得长相了。"

我道了声谢谢后将他送了出去,然后连忙关上门。

"你应该没有什么老爷爷朋友吧。"

说完,连我都觉得这个问题很可笑。

冬子没有回答,而是严肃地问道:"他到底在看什么?"

"如果他一直在监视我家,就必然是和我有关系的人。"

不过,现在还不确定那位老爷爷是不是在监视我。说不定只是在散步的途中碰巧路过这里而已呢?可是话又说回来了,怎么会有人在这么狭窄的公寓走廊上散步呢?

"对了,这些大箱子里面装的是什么?"

冬子指着两个纸箱问道。我简单解释了一下里面的东西,并告诉她,今晚新里美由纪会过来。和美由纪约好了今晚见面,所以我得赶在约定时间前到家。

"里面装着的,都是川津先生的过去啊。"

冬子一脸感慨地说道。听她这么说,我不禁有种想立刻打开纸箱的冲动,但既然答应了美由纪,也只能暂且忍耐一下了。更何况,再不出门就该迟到了。

走出家门,走进电梯。就在这时,我突然生出一种感觉——那个老爷爷在看的其实不是人,而是快递来的那两个箱子。

孤岛凶案
11 文字の殺人

去运动中心的路上，冬子给我讲了一些关于山森卓也社长的故事。既然要去拜访人家，总不能对人家一无所知吧。所以她今天一大早就起来帮我查阅了许多资料。

"卓也的岳父叫山森秀孝，属于山森集团的一支。也就是说，卓也是赘婿。"

山森集团是靠电铁事业起家，最近也开始涉足房地产领域了。

"卓也在校期间曾是一个游泳运动员，目标甚至还曾直指奥运会。大学和研究生期间主修的都是运动生理学课程，毕业后进入山森百货公司工作。正好当时山森百货公司准备创建一个运动中心，需要招募一些具有相关经验的工作人员，于是就把他给收了进来。不得不说，他真的非常优秀。在他的努力下，公司经营顺风顺水，完全实现了最初设定的事业目标。他的所有想法和计划都稳稳地击中了市场需求，让原来做好了亏损准备的运动中心迅速赚了个盆满钵满。"

他虽然没有成为一名出色的游泳运动员，但最终也成了一位优秀的企业家。

"三十岁那年，他与副社长山森秀孝的女儿相爱并结婚。次年，运动中心从集团内部独立出来，成为如今的山森运动广场。八年后，也就是前年，卓也坐上社长之位，成了公司的实际掌权人。"

"简直就是小说里的励志故事啊。"

我说出了心里真实的想法。

"升任社长后，他积极参与各种活动。一直都在全国各地演讲、宣传，最近还当上了体育评论家和教育问题评论家，据说他已经开始

第二章　他留下的东西

将目光转向政坛。"

"还挺有野心的嘛。"

我说。

"但据说树敌也不少。"

冬子皱了皱眉。该下地铁了。

山森运动广场是一座综合性体育设施，内设体育馆、健身房、室内游泳池及网球场等等。顶楼还有一个高尔夫球练习场。

在一楼前台说明来意后，一头长发的前台小姐让我们直接去二楼。二楼是健身房，后面似乎就是员工办公室了。

"现在这种生意最赚钱了。"

走上自动扶梯后，冬子感慨道。

"这是个物质过剩的时代，我们可以买到几乎所有想要的东西。只要努力维持好健康和美丽的身体就可以了。而且日本人大都不懂得怎么打发空闲时间。如果把时间用在这种地方，人们就不会觉得自己在虚度光阴了。"

"原来如此。"

我不禁点头赞同。

正如前台小姐所说，二楼是一个健身房。面积很大，但人实在是太多了，多到我根本感觉不出这里的宽敞程度。一上二楼，我们就看到一个中年胖男人正在器械上拼命训练自己的胸肌。他的对面是一个正在跑步的老阿姨。老阿姨将毛巾搭在脖子上，努力迈动着双腿，但身体却没有丝毫前进。仔细一看才发现，原来她的脚下是一条很宽的传送带，传送带不停地转动，但她的身体依旧停在

原地。

还有一个骑自行车的胖女人。当然，这也不是普通的自行车，而是一个被固定在地板上，只有前轮金属板可以旋转的类自行车器械。她就像参加铁人三项的运动员一样，疯狂地挪动自己的大象腿。要是在这里装个发电机，说不定都能给整层楼供电了。

穿过一群满头大汗、扭动着身躯、口中不停地吐出热气的人后，就来到有氧教室的门口。透过巨大的玻璃窗，可以清晰地看到里面的场景——三四十个身着华丽紧身衣的女性正跟着教练舞动着。

"我发现了一个很有意思的事情。"我边走边说着，"这就跟学校的教室一样，离老师越近的人动作越标准。"

这条走廊的左侧设有各种操房，尽头处有一扇门。开门后，可以看到两排桌子，每排各有十张，室内的工作人员或坐着或站着，数量与桌子的几乎相同。办公桌上都摆有电脑，很难让人一眼看出这是一间什么用途的办公室。

所有人看起来都很忙碌，冬子就近找了一位看起来比较稳重的女员工询问。那个女员工看起来二十五六岁，头发微鬈，穿着一件淡蓝色的衬衫。听完我们的来意，她微笑着点了点头，然后朝手边的座机按了一个按键。电话很快就拨通了，接着她告诉对方有客来访。

然而我们并没有马上得到接待。

那位女员工一脸歉意地说道：

"真是不好意思，社长那边临时出现了一些紧急状况要处理，所以不能马上和二位见面，可能要一个小时后才有时间呢。"

第二章　他留下的东西

我和冬子对视了一眼。

"嗯，所以……"女员工的措辞似乎更谨慎了，"社长希望二位在等待的这段时间，务必来体验一下我们的运动设施。并告诉我们体验感想。"

"啊？可是我们什么都没准备啊。"

见我一脸惊慌，她用一副"我当然知道"的神情点了点头。

"我们都为您准备好了，训练服和泳衣都是现成的。用完之后，您也可以直接带回家哦。"

我有些无奈地看着冬子。

十几分钟后，我们就已经在室内泳池里游起泳了。免费的塑身泳衣让我们都开心了不少。而且还能在会员制的泳池内悠闲戏水。脸上化了妆不敢碰水，我们只能在水中尽情伸展手脚，倒也的确十分消暑。换好衣服，补好妆后，我们再次走进办公室。刚才的那位女员工见到我们后，微笑着走来问道：

"泳池怎么样？"

"太棒了。"

我答道。

"山森先生方便见客了吗？"

"可以的。请二位从那扇门进去。"

她指着后面的门说道。我们道了谢，然后向门口走去。刚一敲门，里面就传来了一个男人的声音："请进。"

冬子率先走进去，我则跟在她身后。

"欢迎二位。"

孤岛凶案
11 文字の殺人

映入眼帘的是一张看起来很高级的大桌子，坐在桌子后面的男人站了起来。虽然个子不算高，但肩膀很宽，穿着一身得体的深蓝色西装。前额的刘海自然垂落，肌肤呈现出健康的古铜色，比我们想象中要年轻一些，但他今年应该已经四十出头了。浓密的眉毛和坚毅的嘴唇，都给人一种"不服输"的强烈印象。

"让二位久等了，真是不好意思，刚刚突然有些状况需要紧急处理。"他的声音十分铿锵有力。

"没关系的。"

我们俩都微微鞠了一躬。

左边还有一张桌子，坐着一位身穿白色套装的年轻女子，应该是他的秘书吧。一双眼睛微微上挑，让人不由得联想到了猫，看起来应该是个自信且有些倔强的女人。

我们做了自我介绍后，他也递来自己的名片，上面印着"山森运动广场社长 山森卓也"。

"这是她的最新作品。"

冬子从包里取出一本我的新书递给山森社长。

"是嘛！"

他从各个角度仔细端详了这本书，就像在鉴赏茶具一样，最后还在封面与我的脸之间来回看了几遍。

"说起来我也好久都没看过推理小说了。上一次读的还是《福尔摩斯》呢，这都过去多少年了啊。"

我不知道该说什么，便索性保持沉默。毕竟我既不能说"请务必读一读我的这本书"，也不能说"那还是别读了"。

第二章 他留下的东西

房间中央是一整套会客沙发,在山森社长的热情邀请下,我和冬子在沙发上坐了下来。真皮沙发坐起来可真舒服啊。

"二位今天来,是想问些什么内容呢?"

山森社长的表情和语气都十分沉稳。我回答道,自己想在下一部小说中加入运动中心的题材,所以想对中心的运营方法及会员制度等信息做个大致了解。关于这一点,我和冬子在来之前就商议好了。突然提起川津雅之,肯定会让对方起疑心。

所以我故意针对中心的组织架构和运营模式提了很多问题。山森社长不仅十分耐心地逐一解释,甚至还不时开了几个玩笑。中途,那位女秘书为我们端来咖啡后又离开了,或许是社长交代她暂时离开吧。

趁着喝咖啡的间隙,我状似无意地切入了正题。

"对了,听说您最近和川津先生见过面。"

我原本还担心问得太过唐突,但山森社长的表情似乎没有任何变化,嘴角也依旧挂着微笑。

"您说的是川津雅之先生吗?"

他确认道。

"是的。"

就在这时,他看我的眼神似乎有了微妙的变化。

"您认识川津先生?"

他问我。

"算是吧。我在他的日程表上看到,他前一段时间曾见过您。"

"原来如此!"

孤岛凶案
11 文字の殺人

山森社长缓缓地点了点头。

"是的，我们上周见过面。他也是来采访我的。"

雅之果然来过。

"他当时是想采访哪一方面呢？"

"说是体育相关产业。"

说到这里，他笑了一下。

"简单来说，就是想问问体育产业的利润高不高啦。我也据实告诉他了，这一行其实并没有大家想象得那么赚钱。"

山森社长饶有兴致地说完，从桌上的烟盒里抽出一支肯特[1]烟放进嘴里，接着拿起桌上那只镶嵌有水晶的打火机点燃。

"您和川津先生之前就认识了吗？"

他稍微歪着头，举起夹着烟的右手，用小拇指挠了挠眉毛上方。

"是啊。我偶尔也会去健身房锻炼，所以经常碰到他。他是一个很优秀的人。"

"那么，在上次采访中，你们应该也聊了一些家常吧？"

"应该说是只聊了一些家常。"

"那您还记得当时都聊了哪些内容吗？"

"都是些微不足道的小事。就比如我的家庭、他的婚姻之类的。您应该知道他还单身这件事吧？"

"我知道的。"

我答道。

---

[1] 美国香烟品牌。（全书注均为译者注。）

第二章　他留下的东西

"嗯，当时我就劝他赶紧给自己找个好伴侣。"

说着，他深深地吸了一口烟，吐出乳白色的烟雾，然后笑了一下。笑完，他反过来问我。

"川津先生怎么了吗？采访应该还不至于要问到这些事情吧。"

他的面容依旧沉稳，看不出任何变化，但目光却让人不由得有些发怵。我下意识地低头避开他的目光，稍微整理了一下思绪后才又抬起头。

"其实……他已经死了。"

山森社长听完张着嘴愣了好一会儿才问我。

"他还很年轻啊……是生病了吗？"

"不。是被杀了。"

"啊……"他皱起了眉头，"什么时候的事？"

"就在前几天。"

"怎么会……"

"我也不知道。"我说，"前几天刑警来找我，说他被人杀死了。据说凶手是先毒死了他，然后重击了他的头部，最后将他扔到了海港边。就像随手丢弃垃圾一样。"

他似乎不知道该说什么才好，过了片刻才又张开了嘴。

"这也太惨了吧。是刚刚发生的事情吗……我完全没有得到消息。"

"准确来说，是和您见面的两天后。"

"啊……"

"你们见面的时候，他有没说过些什么？"

"您是指哪个方面?"

"比如,他有没有透露过自己可能会被杀之类的事情。"

"怎么可能?"

他突然提高了声调。

"要是他真说过这样的话,我肯定不会就这么放他走的。难道他曾在其他地方说过类似的话?"

"那倒不是。"

山森社长露出了怀疑的眼神。

"我也只是突发奇想而已。"

我笑着说道。我不敢在这个话题上停留太久,否则一定会引起他的怀疑。

我提出想再参观一次中心内的设施。山森社长用内线电话嘱咐了外面的秘书。没多久,那位漂亮的秘书就带着一个女人走了进来。正是那位接待了我们好几次的女员工。看样子接下来的参观也是由她负责讲解。

"二位请慢慢参观。"

跟着女员工走出社长办公室时,身后传来了山森社长的声音。

负责讲解的女员工递来了一张名片,上面印着"春村志津子"。我和冬子决定跟着她好好参观一下这个中心。

走到健身房时,春村为我们引荐了这里的首席教练石仓——一个三十岁左右的男人。石仓看起来就像个专业的健美运动员——也许他就是,他的身上只穿着一件薄薄的T恤,大概是想时刻炫耀他的肌肉吧。他长着一张深受中年妇女欢迎的俊俏脸庞,一头短发看

第二章　他留下的东西

着十分干净清爽。

"推理小说？是吗？"

石仓上下打量着我，就像是在给商品估价。

"我一定要好好拜读一下。希望您写的不是什么健身教练被杀的案件。"

我不由得有些尴尬，但他却毫不在意地哈哈大笑了起来，仿佛刚刚那只是句玩笑话。

"石仓教练是社长的弟弟。"

走出健身房后，志津子对我们说道。

"听说和社长一样都是从体育大学毕业的。"

也就是说，山森卓也在入赘前姓石仓？换句话说，石仓家的两兄弟都顺利进入了山森集团。

在去往室内网球场的路上，我们遇到了两个女人，志津子礼貌地向她们点头致意。一个是中年妇人，另一个则是初中生模样的娇小少女。看起来应该是一对母女。妇人穿着一条深色连衣裙，气质端庄高贵，戴着一副足以挡住全脸的墨镜，镜片是淡紫色的。少女皮肤白皙，一双清澈的大眼睛一直看着妇人的后背。

看到志津子后，妇人推了推墨镜后问道：

"山森在房间里吗？"

"在的。"

志津子答道。

"是嘛。"

妇人微微点头，然后看向我和冬子。我们也忙点头致意，但那

妇人并无反应，只是转头问志津子：

"那个，这两位是……"

志津子连忙一脸惊慌地介绍了我们。

她一脸平静地听完后，只是淡淡地说了一句："辛苦了。"

"这位是社长夫人。"

志津子小姐为我们做了介绍。其实我们心里也猜了个八九不离十，所以并不十分惊讶。

"承蒙山森社长诸多关照。"

我开口道了谢。

社长夫人并未有所回应，而是扭头又向志津子确认道：

"他在房间里是吧？"

说罢便拉起少女的右手放在自己的左手肘上，轻声道："那我们进去吧。"少女点点头。

社长夫人慢慢向前走去，少女则乖巧地跟在她身后。二人沿着走廊继续往前走去。

目送她们离开后，我们继续沿着走廊向前走去。

"那个女孩叫由美。"

志津子低声说道。

"是山森社长的女儿吧？"

我问道。她点点头。

"她有先天性视力疾病，虽然还没到完全失明……做过很多次矫正，但好像都没什么效果。"

我不知道该说什么，所以只是默默地听着。冬子也没有回应。

第二章　他留下的东西

"不过社长说她不能一直待在家里,所以要求她每个月都来这里锻炼几次。"

"社长应该也很心疼山森小姐吧。"冬子说。

"是啊。"

志津子也深以为然。

说着就到了网球场。中心共设有两个网球场,穿着短裤裙的阿姨们正在拼命接打着教练发来的网球。对面的教练会在击球后不停地给予反馈,比如"好球"或是"膝盖用力不够"之类。

"啊……不好意思。"

志津子道了个歉后,朝走廊的方向跑了过去。只见一个穿着工作服的男人,正靠在手推车旁边等她。那男人身材魁梧,肤色黝黑,戴着金丝眼镜,鼻子下的那撇小胡子尤其引人注目。志津子走过去后,那男人和她说了几句话,不过脸依旧朝着我们这边。志津子也偶尔看向我们。

过了一会儿,她回来了。

"真是抱歉。"

"如果您有工作要忙,我们就……"

冬子一边说着,一边挥了挥手。

"没关系的。"

我看着那个穿工作服的男人推着手推车离开。突然他转头看过来,正好对上了我的目光。随即他慌忙移开视线,脚下的步伐似乎也加快了几分。

志津子继续带我们参观了高尔夫练习场。离开中心时,我们两

个人的手里都多了一大沓小册子。志津子一直将我们送到大门口。

中心的采访就此结束。

2

在回家的地铁上,我们互相问了对方的想法。

"虽然不太肯定,但我总觉得山森社长有点奇怪。"

这是我的想法。

"我总觉得他应该知道些什么,却刻意隐瞒了。"

"看起来他似乎并不知道川津被杀了。"冬子说道。

"但我觉得很奇怪。毕竟川津是他们的会员,再怎么关系一般也不至于连会员被杀都毫不知情吧。"

冬子没有回答,只是一边叹着气一边摇了摇头,大概也不知道该说什么了吧。

当然,我也一样。

和冬子分开后,我刚回到公寓,书房的电话就响了。我连忙接起来,话筒对面传来了一个熟悉的声音:

"我是新里。"

果然是她。于是我答道:"你好。"

我看了看时钟,距离我们约定的时间还早。

"我是想告诉你,我不需要借用川津先生的资料了。"

第二章　他留下的东西

她的语气很冲,像是很生气的样子。

"不需要了?"

"是的,我今天在其他地方找到了那些资料,所以不用了,很抱歉打扰你了。"

"那你也就不会过来了,是吗?"

"是的。"

"那我可以打开纸箱了吗?"

"可以。给你添麻烦了。"

"好的。"说完我就挂了电话,然后看向依旧躺在房间角落的两个纸箱。它们就像一对关系很好的双胞胎似的,紧紧地挨在一起。

我脱掉衣服,换上运动衫,从冰箱里拿出一罐啤酒喝了起来。在沙发上坐下后,我盯着纸箱看了好一会儿。箱子应该是从搬家公司买来的,上面用鲜艳的颜色印着"搬家就找××"的字样。

半罐啤酒下肚后,我突然发现了一件奇怪的事。这两个箱子虽然看起来很像双胞胎,但还是略有不同。

准确来说,是包装方式不同。一个精细,一个粗糙。其中一箱的胶带粘得很不平整,实在是和"认真"沾不上边。

这就奇怪了——我暗道。

我记得今天早上送来的时候,我还感慨了一下川津幸代做事实在太认真了,就连箱子上的胶带都贴得整整齐齐,就像拿尺子量过尺寸一样。两个箱子都很整齐——是的,我确定两个都是。绝对没有记错。

喝完啤酒,我走过去,仔细检查起了那个胶带贴不平整的箱子。

说是检查，其实也就是看了看箱子外部四周而已。

但光看表面哪能看出什么来，所以我决定撕掉胶带。打开一看，里面的书籍、笔记本、剪报册等全都杂乱地堆在了一起。

我又扭头打开了另一个箱子。果然，内部整整齐齐，就像外面的胶带一样。幸代果然是个极其认真的人。

我起身从餐具柜里拿出一瓶波本威士忌和一支玻璃杯后，重重地坐回沙发上。我往杯子里倒了一些酒，然后一饮而尽。原本怦怦直跳的心脏，瞬间平静了许多。

平复了一下心情，我这才伸手抓起听筒并拨通了一个电话。响了三声后，对方接起了电话。

"我是萩尾。"是冬子的声音。

"是我。"

我说。

"啊……怎么了？"

"我被人盯上了。"

"被盯上了？"

"好像有人进过我的房间。"

她似乎深吸了一口气。过了一会儿才问道："有东西被偷了吗？"

"有。"

"什么？"

"不知道。"

我拿着听筒摇了摇头。

"但可能非常重要。"

第 二 章　他 留 下 的 东 西

3

第二天，我去了冬子任职的那家出版社。因为我准备去找那位曾在川津葬礼上有过一面之缘的编辑——田村。当然，冬子已经替我安排好了。我们在出版社的大厅会合后，一起去了附近的一家咖啡馆。

"新里小姐？"

田村先生正准备喝口咖啡，听到我的话后停了下来，瞪着大大的眼睛问道。

"是的，我想跟您打听一下她的事情。"

"其实我对她也不太了解。我一直都是川津先生的责任编辑，目前还没有跟新里小姐合作过。"

"只要'尽可能'就可以了。"

冬子补充道。也是她建议我找田村先生问问的。

昨天给冬子打完电话后我检查过家里的东西，发现自己的财物都没有丢失。银行存折和少量现金也都原封不动。唯一留下过入侵痕迹的就是纸箱外包装了。

"那个人大概想不到我居然还记得纸箱原来的模样。其实我的观察力向来都很厉害。"

发现纸箱被人动过后，我立即就告诉冬子了。

"确实很厉害。"

她也佩服道。

"也就是说，盗窃犯的目标只是纸箱里的东西？你有什么线索吗？"

"倒是有一个。"

发现川津雅之的资料被人动过后，我首先想到的就是前一刻刚刚给我打过电话的新里美由纪。明明昨天还那么迫不及待地想拿到资料，怎么今天就突然来电话说不需要了？其中肯定有古怪之处。

"所以是她偷的？"

冬子一脸惊讶地问道。

"现在还不能断定，但她从一开始就很古怪，为了得到那些资料，甚至还特意跑去帮忙整理东西……"

"可是你不是已经答应过让她直接过来拿资料吗？还有必要特意来偷吗？"

"按常理来看，似乎的确是这样。"

沉默了片刻，我才继续说道：

"但如果那是绝对不能让其他任何人看到的资料呢？那她是不是就很有可能冒着巨大的风险潜入我家偷走呢？"

"绝对不能让其他任何人看到的资料……"

冬子一边思考着一边重复了我的这句话，随即就睁大了细长的眼睛。

"你是怀疑，她就是杀害川津先生的凶手……"

"我觉得她的嫌疑很大。"

我直截了当地说出了自己的猜测。

"如果她真的是杀人凶手，那就很可能是因为川津先生的手里捏

第二章　他留下的东西

着她的某个把柄，为了堵住他的嘴而选择了杀人灭口……"

"嗯……原来你是这么想的。"

冬子将双臂交叉于胸前，看着纸箱里的东西。

"如果真是她偷偷潜入房间，那就出现了两个问题。一个是她怎么知道你今天白天不在家？另一个是，她是怎么进来的？你家的门和窗不是都被上了锁吗？"

"成密室案件了啊。"

我说。

"那就先得破解这两个谜题了。或许我们应该对这位新里小姐多做些了解才行。"

"有什么想法吗？"

"有。"

于是，她就提到了这位田村先生。

不过，田村说的那些事并没有引起我多大的兴趣。

只知道新里美由纪是一位活跃在多个领域的女摄影师，但这些都不是我想了解的东西。

"我想问问她和川津先生一起工作时的情况。"

我最终还是选择了直接切入重点。

"据说他们曾一起在某杂志上连载过游记。"

"没错。不过正如我之前所说，那个杂志似乎没过多久就不再连载游记文章了。"

"我还记得，在川津先生的葬礼上见到她时，她说过两个人的合作不太愉快。"

我当时就觉得这句话有点奇怪,所以一直记到现在。

"她确实这么说过。"

看来田村也记得。

"那她说的合作不愉快,是指游记系列停止连载的事情吗?"

"哦,不是那件事。"

田村调整好坐姿后,身体微微前倾继续说道。

"游记本身没问题,读者反响也不错。只是后来他们去 Y 岛上采风的那一次,川津先生遭遇了意外。川津先生本人就不用说了,就连新里也开始觉得两人无法再合作下去了。"

"遭遇了意外?"

我当然从未听说过这件事。

"他们乘坐的那艘游轮翻了。"

田村说明道。

"当时川津先生的一位朋友计划乘坐游轮前往 Y 岛。川津先生他们听说后便也一同参加了这次旅行。结果途中天气骤变导致游轮翻了。"

"……"

我甚至无法想象出当时的情况。

"后果很严重吗?"

"那艘游轮上约有十个人,好像只有一个人死亡。其他人则被冲到了附近的无人岛上,并成功获救。川津先生的腿受了伤,后来他也就不再写游记了。"

他从来没跟我提过这件事。

第二章　他留下的东西

"川津先生后来写过那次采风的游记吗？其实那都已经算不上游记了，更像是事故记录。"

冬子问道。

"好像没有。"

田村低声回答道。

"出版社倒是拜托他写过，但他拒绝了。好像给出的理由是当时脑子一片空白，什么都记不住。也难怪，毕竟他又怎么会愿意写一篇自己遇险的故事出来供人品头论足呢？"

我觉得这个理由不成立。身为一个自由撰稿人，即便是受害者的身份，也绝不会放过这样一个千载难逢的机会。因为这样就无须特地跑去哪里采访了——自己不就是最好的素材吗？

"总而言之，那件事对他造成很大的心理阴影，他决定不再连载游记系列的文章了。"

由于这是其他出版社的事情，所以田村自始至终都说得很轻松。

"对了，那次游轮出行是哪家旅行社的旅游项目？"

听到我的问题后，田村不假思索地回答道。

"不是旅行社的项目。如果我没记错的话，主办方应该是东京的一个什么运动中心。但我一下想不起来名字了。"

"难道是……"我舔了舔嘴唇，"山森运动广场？"

田村豁然开朗似的点了点头。

"对对对，我记得就是这个名字。"

"原来如此。"

我和冬子对视了一下。

田村先回了公司，我和冬子则在咖啡馆里又点了一杯咖啡。

"这事很可疑。"

我靠在桌上，双手托腮。

"川津在遇害前曾见过山森，还曾在乘坐山森的游轮出游时遭遇过翻船事件，并且当时新里美由纪也在……"

"你是说，翻船事件的背后另有隐情？"

"现在还不清楚。"

我摇了摇头。

"但如果真是这样，会不会那份失窃的资料就是关于那场事件的记录呢？而新里美由纪想要的也正是那份资料。"

"川津先生被杀，也是因为留下了那份东西。"

"当然，这些都只是我的猜测而已。你知道的，我这人在推理方面向来大胆。"见我一脸轻松地开玩笑，冬子也不由得笑了一下，但很快就又恢复了严肃的表情。

"这么说，那场意外事件背后的秘密，应该也和新里美由纪脱不了干系吧。"

"不仅仅是她。"

我换了一下交叉着的双腿和双臂的姿势。

"既然川津去见过山森，我想山森应该也或多或少地参与了那件事。"

"山森说川津是去采访他的。"

"他没说实话。"

我停顿了一下，又继续说道：

第二章 他留下的东西

"他们的心里一定藏着某些不可告人的秘密。"

"他们……是谁？"

"目前还不清楚。"

我不假思索道。

回到公寓后，我立刻将纸箱里的东西全都倒了出来，想验证一下自己的推理是否正确。与川津雅之写过的游记相关的资料几乎全都被送过来了，可无论我怎么找，都找不到半点关于游轮旅行的内容。

那次旅行中，一定发生过什么不可告人的隐秘之事——当然，除了那场海难之外。而新里美由纪就是见证者之一。

问题在于如何找到答案。不过，关于这一点，我和冬子已经做好了大致规划。

那天晚饭前，我接到了冬子的电话。她的声音听起来有些兴奋。

"我成功约到了新里美由纪。"

"辛苦啦！"

我连忙道。

"你找了什么理由？"

"实话实说啊，直接说我想问一些关于川津先生的事情。"

"她有没有表现得很警惕？"

"这个我也不确定，因为是电话里说的。"

"嗯……"

接下来就是想办法让她开口了。一想到新里美由纪那副傲慢无礼的模样，我就不由得有些犯怵。

"迫于我们两个人的压力，她应该会松口吧？"

听我这么说，冬子有些遗憾地说道："那估计有点困难了。"

"有点困难？"

"因为她在答应见面的时候提过一个条件，就是只见你一个人。"

"见我？"

"是的，这是她的条件。"

"她这是要做什么？"

"我也不知道。也许是觉得你一个人去，她会比较放心吧。"

"不会吧……"

"反正她就是这么要求的。"

"呃……"

她这是什么意思呢——我抓着话筒思考了起来。美由纪是觉得，这个秘密只能说给我一个人听吗？

"好吧。"

我对冬子说道。

"告诉我时间和地点吧，我一个人去。"

4

第二天，我算好时间准时出了门。冬子和新里约定的时间是下午两点，地点是吉祥寺的咖啡馆。据冬子说，新里美由纪的公寓就

第二章　他留下的东西

在那附近。

这是一间很舒适的咖啡馆，店里的桌子似乎都是手工打造的。只是正中央摆放着一截橡木，让人有些琢磨不透店主的想法。店内光线昏暗，的确很适合坐下来安静地喝茶聊天。

一个穿着黑色紧身裙的短发女孩走过来问我要点什么，于是我点了一杯肉桂茶。

由于我平时不习惯戴手表，一般都是摘下来放在包里的，所以我先在店内四下找了找钟表。墙上挂着一个古董钟，从上面的指针位置来看，马上就到两点了。

女孩给我端来了肉桂茶，我刚喝了两三口时，指针就指向了两点。

无聊的我只好欣赏起了店内的装饰物，五分钟后，新里美由纪依旧没有出现。没办法，我也只能一边喝着肉桂茶，一边盯着门口，等待她的身影。喝完那杯茶后，分针又走过了十分钟，但依旧不见美由纪。

我有一种不好的预感。

我越想越不放心，便起身走向柜台，借用店里的电话拨通了冬子留给我的美由纪家的电话号码。回铃音响了两三次，就在我觉得不会有人接听，正准备挂断电话时，电话那头居然传来了人声。

"喂。"是个男人的声音。

"那个，请问是新里小姐家吗？"

我有些战战兢兢地问道。

"是的。"对方答道，"请问您是哪位？"

我报上了自己的姓名,并问他新里此刻是否在家。男人沉默了片刻,然后淡淡地说道:

"很遗憾,新里小姐去世了。"

这次轮到我沉默了。

"请问您在听吗?"

"嗯……在听,不过您说她去世了,是怎么回事?"

"她被杀了,"那人继续说道,"尸体刚刚被发现。"

独白·二

女人知道我的真实身份后说:"对不起。但我别无选择,我没有骗你。"

我默默地看着她。她变得焦躁不安,终于站了起来。"我去给你泡杯茶。"她试图躲开我的视线。

我瞄准时机,趁她不注意,从后面袭击了她。

她几乎没有反抗。

就像一个被压扁的火柴盒一样。

轻轻地碎裂,只留下了一团丑陋的肉块。时间仿佛凝固了片刻,接着,我被一片寂静笼罩其中。

我呆愣在原地,不过几秒钟后就迅速开始了清理工作。我的头脑冷静得可怕。

收拾完,我低头看向女人。

果然,这个女人也知道真正的答案。不过是以软弱之名,狡猾地隐藏起来了而已。

我的仇恨之火难以熄灭。

1 1 文 字 の 殺 人

第 三 章
Chapter 3

消失的女人和死去的男人

"最近总在我们家外面鬼鬼祟祟的人,就是你吧?"
这句话究竟意味着什么?是谁,又是出于什么目的,
在调查竹本幸裕的老家呢?

1

新里美由纪的公寓离车站很近，在一栋很新的大楼内。她家就在这栋新公寓的五楼。

走出电梯后，虽然走廊旁边有好几户人家，但我立刻就找到了她家的那扇门。因为有几个一看就是警察的男人正在那里一脸严肃地里外忙活着。

我刚走近，一个看起来比我年轻的身穿制服的警官就立刻走过来，严厉地询问我来此地有何目的。

我也不甘示弱，理直气壮地告诉他，自己刚刚打过电话，是你们让我过来一趟的。听我这么一说，他虽面露疑惑，但还是迅速转身走进屋子。

傲慢的穿制服的警官走进去没多久，就从里面走出了一个五官深邃、称得上帅气的中年警官。他说自己是搜查一课的田宫。从声音来判断，他应该就是刚才接电话的那个人了。田宫刑警将我带到楼梯口。

"哦，您是推理小说作家啊？"

刑警一脸惊讶地看着我，表情中似乎还夹杂着一丝好奇。

第三章　消失的女人和死去的男人

"那我们可得好好调查了，不然岂不是会被您笑话。"

我脸色苍白，没有回应他的玩笑话。于是他也不再说笑，转而正色道：

"你和新里小姐约好今天下午两点见面，对吗？"

"是的。"

"那么请问，你们二人是什么关系呢？"

"是通过我的男朋友认识的。"

这是实话。

"是嘛。"刑警看着我，十分客气地问道，"我可以问问您男朋友的名字吗？"

"他叫川津雅之。"我答道，"是一名自由作家。最近刚去世，是被人杀死的。"

田宫刑警手里的笔突然停了下来，然后他就像打哈欠似的张大了嘴巴。

"就是那个案子？"

"是。"我点头。

"原来是这样啊……"

田宫刑警一脸严肃，咬着下唇点了两三下头。

"那你们今天见面，就是为了那件事吗？"

"不，不是为了那件事。其实是因为我收到了川津的很多工作资料。我约她出来是想告诉她，如果有什么需要的资料，请尽管来找我。"

来的路上，我就已经准备好了这个问题的答案。

11 文字の殺人

"是嘛，资料啊。"

刑警皱着眉头在笔记本上写着。

"除此之外，您和新里美由纪还有其他方面的私交吗？"

"没有，我只是在川津的葬礼上见过她。"

"今天是谁提出见面的呢？"

"是我。"

"那您是什么时候约的她？"

"昨天。我通过一个编辑朋友约了她。"

我把冬子的名字和电话号码都告诉刑警。

"好的。接下来，我们会找萩尾冬子小姐问几个问题。"

"那个，我想问问，新里小姐是在什么时候遇害的呢？"

我看着田宫刑警那张轮廓分明的侧脸问道。他微微偏着头答道：

"鉴识科的同事说她刚刚遇害没多久，也就过了一两个小时吧。"

"她是如何被杀的呢？"

"头部。"

"头部？"

"应该是后脑勺遭到了青铜制品的重击，想看看现场吗？"

"可以吗？"

"您有特殊待遇。"

鉴识科的工作人员和刑警正在里面忙碌地调查。我跟在田宫刑警身后，在拥挤的房间里穿梭前进。

进门后，是一间大约十二张榻榻米大的客厅，客厅的另一边放着一张床。客厅里摆着一张玻璃桌，桌上放着一个茶杯。厨房位于

第三章　消失的女人和死去的男人

角落处，水槽里还堆着一些没洗的碗盘。

时间仿佛凝固了一般，只在这里留下了生活的气味。

"发现尸体的人是新里小姐的一位女性朋友。据说那位女士时常来找新里小姐。今天来的时候发现玄关处的门开着，便自己进去了，结果就发现新里小姐倒在床上。而那位女士也因为惊吓过度而昏了过去。"

真可怜啊——我忍不住低声道。

结束问话离开公寓时，夜幕早已降临。等距排列的路灯照亮了通往车站的路。我一路走着，看到电话亭后便立即走了进去。这个时间，冬子应该在家。

"有什么收获吗？"

听到我的声音后，她一开口便直接问道。也难怪，毕竟她肯定觉我一下午都在和新里美由纪待在一起。

"她被杀了。"

我找不出什么委婉的说法了，便索性直截了当地说了结果。

她没有任何回应，于是我继续说道：

"是被人杀死的，头破血流……她没有在约定的时间出现，所以我就给她家里打了电话，结果被一个刑警接了。"

"……"

"你在听吗？"

过了一会儿，冬子才"嗯"了一声。接着又是短暂的沉默。我几乎可以想象出她此刻的表情。

等了一会儿，话筒中才再次传出声来。

"我有点……不知道该说什么才好。"

我想也是。

"你过来一趟？"我建议道，"我们得好好讨论一下。"

"你说的对。"

她低声道。

一个小时后，我们面对面喝着冰块波本威士忌。

"至少有一件事是确定的。"

我开口道。

"我们显然慢了敌人一步，他们的动作太快了。"

"敌人是谁？"

"不知道。"

"你跟警察说过这件事与那场海难之间的关系吗？"

"还没有。毕竟这也只是我们的猜测而已，而且我想靠自己的力量找出真相。其实，就连约见新里小姐的理由，我都随意找了个，搪塞过去了。"

"是嘛。"

冬子看向远方，似乎在思考着什么。

"总之，我觉得我们要先调查一下去年那起海难到底是怎么回事。"

听我这么一说，她放下了手里的杯子。

"关于这个，我来之前就做了一些调查。"

说着，她从包里拿出一张白色的纸。我一看，原来是张报纸

第三章　消失的女人和死去的男人

的复印件。内容概括如下：八月一日晚八点左右，山森运动广场名下的一艘游轮在前往Y岛的途中因海难而沉船。船上十一名乘员中，有十人乘坐橡皮艇逃生，后被冲到了附近的无人岛上，第二天早上被一艘路过的渔船救起，另一人则因撞上了附近的岩石而不幸遇难。死者名为竹本幸裕，三十二岁，生前是东京丰岛区的一名自由职业者。

"我们得好好查查当时发生的事情。我一直觉得，川津被盗的那些资料中，肯定提到了某些不为人知的秘密。"

我一边稍稍调高了空调的温度，一边说道。由于刚刚讨论得太专注了，回过神来后才发现房间里已经冷得像个冰窖了。

"所以，凶手为了保护这个秘密而在不停地杀人灭口吗？"

"我不知道，但也不排除这种可能性吧。但新里美由纪应该是想保守这个秘密吧。如果山森也参与其中，那么他应该也属于希望保守秘密的人。"

冬子耸耸肩。

"你说的有道理。"她说，"那你接下来打算怎么做？如果准备找海上保安部问问，我倒是可以帮你。"

"这个嘛……"

我陷入了沉思。无论曾经发生过什么事，只要当事者严守秘密，就不可能在社会上留下任何记录。

"我觉得，还是直接找当事人比较好。"

"你的意思是，再去找一次山森吗？"

冬子似乎有些不认同。

"如果没有拿到任何实质性的证据,估计我们也很难从他口中套出什么信息,他还是一样会随便找个理由搪塞我们。倒不如去找找参加那次旅行的其他人。"

"那就得先查查其他人的姓名和地址了。"

"不用,我有办法。"

说着,我拿起身旁的名片。

这还是那天去运动中心时,从春村志津子那里拿到的。

2

第二天下午,我再次来到了山森运动广场。走进一楼的大厅后,我要了一杯柠檬苏打水,然后给志津子打了电话。她说马上就到,也确实不到五分钟就出现了。

"真是抱歉,给你添麻烦了。"

她一坐下,我就微微低头致歉。来之前,我已经拜托她帮忙准备了一份参加游轮旅行的成员名单。去年的这个时候,她还没来这里工作,所以我觉得她不会说谎。

"哎呀,哪里麻烦,不过就是把电脑上的内容打印一份出来而已嘛。不过,你怎么突然想起要这个了?"

一如上次,志津子一见到我就露出了微笑,接着将一张看起来像是刚刚打印出来的纸放在桌子上。

第三章　消失的女人和死去的男人

"我正在构思下一部小说的主题。所以想直接和当事人聊聊。"

"原来是这样啊。作家可真不容易呢，要一直不停地构思新故事啊。"

"可不是嘛。"

我苦笑着伸出手，将那张名单拿了过来。

纸上列出了十一个名字和地址。第一个是山森卓也，其次是正枝夫人的名字，接着是由美。

"由美小姐的眼睛不是看不见吗……"

志津子就像早就料到我会这么问似的，重重地点了点头。

"不过，社长对由美小姐的教育方针是：无论任何时候都不会给予特殊待遇。即使由美小姐看不见大海，社长也要求她试着去接触大海，他觉得这很有意义。"

"原来如此。"

我继续快速浏览名单。川津雅之和新里美由纪的名字也在其中。与此同时，我还看到了此前在新闻报道上看到的那位唯一遇难者"竹本幸裕"的名字。除此之外，名单上还写着山森社长的秘书村山则子，以及首席教练石仓等人的名字。

"社长的秘书也参加了？"

"是的。村山小姐的母亲是社长夫人的姐姐，所以也就相当于一家人了。"

也就是说，她算是山森社长的外甥女。

"这位金井三郎，上面写着他在这里工作？"

金井三郎的名字旁边有一个括号，上面写着"工作人员"。

"啊，那个人做的是事务性的工作，比如维护设备之类的……"

志津子说到这里就停下来了，大概是觉得我的问题有点奇怪吧。

"他也是山森社长的亲戚吗？"

"哦，不是的。他就单纯是个员工。"

"这样啊。"

我点了点头。如果不是亲戚，那应该有机会从他口中得到一些有价值的信息吧？

"我想和他聊聊，但现在是不是不太方便呢？"

我问道。

"哦，现在就想见他吗？"

"是的，有件比较重要的事想问问他。"

志津子愣了一下，但还是很快就起身说道："行，那就请稍等我一下。"

接着，她走到收银台旁拿起了电话。和对方聊了几分钟后，志津子又笑着走了回来。

"他说马上就过来。"

"真是不好意思啊。"

我再次低头致歉。

几分钟后，一个身穿短袖工作服、脸上蓄着胡须的男人出现了。我记得他。这不就是上次我们来这里参观时见过的那个男人吗？和我们擦身而过的时候，他把志津子喊了过去，后来又盯着我们看了好一会儿。

我突然出现了一丝不好的预感，但我不能退缩。

第三章　消失的女人和死去的男人

金井有些犹豫地在志津子身边坐下。然后盯着我递过去的名片看了很久。我认真看了他的眼睛后才发现，其实这个男人非常年轻。

"金井先生您好，那我就开门见山了。请问去年的那次游轮旅行，您也参加了，对吗？"

"是的。"

他回答道。他的声音低得让我有些诧异。

"怎么了吗？"

"你们当时是不是遭遇了意外？"

"……是的。"

金井三郎的脸上露出了明显的疑惑。

"当时天气突然变差，导致船身进水，对吧？"

"是的。"

"你们当时没有预测到天气情况吗？"

"事先知道一点，但社长还是决定一起出发。"

从他的说法听来，当时大家都知道天气会变差这件事。

"你们当时的行程计划是怎么样的呢？"

我问道。

"两天一夜，当时的计划是从横滨出发去 Y 岛，在岛上待一夜后，第二天返回。"

"是在去的路上出事的吗？"

"嗯……"

"报纸上说船上的人是漂到了附近的无人岛后才得救的，是这样吗？"

孤岛凶案
11 文字の殺人

"当时。"

金井三郎揉了揉满是胡须的脸。

"真是捡回了一条命啊。"

"但还是有一个人遇难了,就是那位竹本幸裕。"

听到我的话后,他闭上眼睛,缓缓地点了点头。

"当时海浪实在是太大了,我们几乎什么都看不见了。"

"竹本先生和您是朋友吗?"

"不,不是的。"

金井三郎有些慌张地连连摇头。我总觉得他这个反应有点奇怪。

"那他为什么也参加了旅行?从这份名单看来,他应该不是这个运动中心的会员吧?"

"这个我也不太清楚……应该是别人介绍来的吧。"

金井掏出烟,有些慌张地抽了起来。

我看向一直在旁边听着的志津子问道:

"春村小姐,您认识这位竹本先生吗?"

不出所料,她摇了摇头答道:"不认识。"一年前,她还不是这里的员工,不知道也是情理之中的事情。

我又回头看向金井三郎。

"能再跟我说说你们到达无人岛后发生的事情吗?"

"我们到达后发生的事情啊……其实没什么特别的了。我们全都缩在岩石下一边躲避风雨,一边等待救援队前来。"

"那你们当时有聊过些什么吗?想必大家当时都很焦虑不安吧?"

"确实是那样……而且我当时脑子一片空白,根本记不住他们说

第三章　消失的女人和死去的男人

了些什么。"

他一边揉着胡须,一边吐出一口白烟。一觉得不安就开始揉胡子,大概是他的习惯吧。

我决定换个话题。

"当时和你们在一起的,还有一个叫川津雅之的人,对吗?是个自由撰稿人,应该是跟着你们一起去采风的吧?他也是这里的会员。"

"嗯……"

金井看向远处。

"是那位腿上受伤的人吧。"

说起来,我还真是知道他受伤的事情。

"您还记得他在无人岛上时的样子吗?比如他有没有说过什么?"

"这个嘛……"

大胡子男人摇了摇头。"毕竟那是一年前的事了……而且当时场面一片慌乱。"

"那以后,您和川津先生有再谈论过当时的事情吗?"

"没有了。"

他说道。

"不只是关于当时的事了,我们两个自那以后就没有再说过话。我只是偶尔会见到他而已。"

我突然想起志津子说过金井三郎现在做的是事务性的工作。

"关于那起意外,您有没有觉得当时有什么异常的情况呢?"

"异常情况?"

"无论什么方面都可以,就是比如您有没有和什么人提起过什么

事,或是有没有什么人问过您什么问题……"

"没有。"

金井三郎十分干脆地答道。

"我自己都快忘记那件事了——话说回来,那场意外有什么奇怪的吗?怎么您似乎很感兴趣的样子。"

他抬头看着我,似乎想看清我的表情。

"其实是这样的,我正在为自己的下一部小说准备素材,所以最近都在收集关于海难意外的资料。"

"……"

我说出了事先准备好的说辞,但他眼中的疑惑却依旧没有消失。

我继续低头看向旅行成员的名单。

"除了已故的竹本先生外,这位叫古泽靖子的人似乎也不是这里的会员,她是通过什么途径加入的呢?"

关于这位古泽靖子,名单上写着"二十四岁的职业女性",家住练马区[1]。

"这个我也不知道。毕竟我是在出发的前一天才受到社长的邀请。"

最后一位参加人员名叫坂上丰,好像是运动中心的会员。职业一栏上写着"演员"。

"我偶尔会遇见他。"

当被问及坂上丰的情况时,金井三郎已经明显有些不耐烦了。

---

[1] 位于东京23区的西北部。

第三章　消失的女人和死去的男人

"不过我们没有说过话,他大概也已经忘记我了吧。"

我随口应了一句"是嘛",然后稍微思考了一会儿。正如预期的那样,这次来访基本没什么收获。那么,有两种可能性:一是,那次海难意外中的确没有藏着什么秘密;二是,金井三郎在撒谎。但目前还无法证实到底哪个才是真相。

无奈之下,我也只能对金井三郎和志津子道谢,并结束了话题。接着,两人并肩走出店门。

我喝了一杯水,整理了一下思绪后也站了起来。去收银台结账时,负责收银的女孩突然问我:

"您是春村小姐的朋友吗?"

"我们倒也算不上朋友吧……怎么突然这么问呢?"

女孩调皮地嘻嘻一笑。

"您刚刚不是在教育金井先生吗?让他快点和春村小姐结婚啊!"

"结婚?"

她的话让我大为震惊。

"他们两个是恋人关系?"

"啊,您不知道啊?"

这次换对方震惊了。

"大家都知道呀。"

"她没跟我说过这件事呢。"

"原来如此……那我是不是说太多了呀。"

虽然嘴上这么说,但女孩依旧笑眯眯地看着我。

3

离开山森运动中心后,我顺便去冬子公司把她约了出来。

"有件事想拜托你。"

我一看到她就开门见山地说道。

"怎么这么突然?去运动中心没有收获?"

我将刚刚从志津子手里拿到的名单递给一脸苦笑的冬子。

"我想让你帮忙调查一下那个在海难中丧生的竹本幸裕。"

听到这里,她顿时换上了一副严肃的表情。

"这个人的死,是有什么蹊跷吗?"

"现在还不知道。但我总觉得很可能。他既不是运动中心的员工,也不是那里的会员,为什么会参加那次旅行呢?还有,其他人都获救了,怎么偏偏就他一个人死了呢?"

"所以,你是想让我去他的老家打听点消息?"

"是的。"

"我明白了。"

冬子拿出笔记本,写下了竹本幸裕的地址。可是,就算这个地址是正确的,也不能保证里面住的还是原来的人啊。

"我会想办法调查的。没关系,这件事应该不会太难办。"

"真是不好意思。"

我是真心觉得很对不起冬子。

"作为回报,你能答应我一个要求吗?"

第 三 章　消失的女人和死去的男人

"要求？"

"是生意哦。"

冬子一脸狡黠地笑道。

"等整件事水落石出后，我希望你能写一本记录这件事的写实小说。"

我叹了口气。

"你知道我不擅长这种题材的。"

"我知道，但这是个难得的机会。"

"……我考虑一下吧。"

"嗯，你可得好好考虑哟……对了，你今天还有什么安排？"

"唔，其实我打算再找一个人。"

"再找一个人？"

"就是那个叫古泽靖子的人。"

我指着冬子手里捏着的名单说道：

"就是这个。因为这个人和竹本一样，既不是员工，也不是会员。也就是说，她是个与山森集团毫无关系的外人。"

冬子似乎在思考我话中的意思，看着名单点了几下头。

"那我就估算着你回到公寓后，给你打个电话。"

"行，那就拜托你了。"

说完，我便和她分开了。

从地图上看，西武线的中村桥站应该是距离古泽靖子公寓最近的车站。我在那里叫了一辆出租车，然后将名单上写的地址告诉

司机。

大约十分钟后。

"那个地址就在这附近了。"

司机放慢了速度。我看向窗外,发现自己正身处一片住宅区的正中央,两边都建满了低矮的房子。我让司机停车后,下了车。

真正的难题来了。如果名单上的地址正确,那我应该会在刚才经过的国道旁边看到一栋公寓楼,但这附近根本没有类似的建筑。唯一算得上建筑物的,就只有一家华丽的得来速汉堡店。

我有些疑惑地走进店里,点了吉士汉堡和冰咖啡,然后问店里的女孩,去年的这个时候,这家店是不是就已经在这里了。女孩愣了一下,随即笑着告诉我:

"我们这家店才刚开业三个月左右呢。"

吃完汉堡,我又问了派出所的位置,接着就离开了汉堡店。

派出所里有个理着平头、头发花白的巡警,一副不苟言笑的模样。他告诉我,汉堡店建成之前,那片地上的确有栋公寓楼。

"虽然已经很破旧了,但里面的住户还是挺多的呢。你去松本不动产问问,说不定他们认识那些原来的住户。"

"松本不动产?"

"沿着这条路一直走,右边就是。"

我谢过他后离开了派出所。

按巡警所说一路走去,果然看到了松本不动产。这是一栋三层小楼,一楼正门旁贴满了各类房产信息。

"那栋公寓原来的住户吗?我们也不知道他们后来去哪里了。"

第三章　消失的女人和死去的男人

接待我的年轻员工看起来有些不耐烦。

"都没留下过联系方式吗?"

"没有啊。"

他完全没有要替我查看的意思。

"那您还记得一个叫古泽靖子的女孩吗?"

"古泽靖子?"

年轻员工重复了一遍这个名字,然后点了点头。

"记得。不过,我也只见过她一两次而已,所以记不太清了,只记得是个挺不错的女孩子。"

"那您知道她后来搬去哪里了吗?"

"我刚刚不是说过了吗? 不知道。"

他有些不满地皱起眉头,然后看向了其他地方。

"不,等等——"

"怎么了?"

"我记得她好像说过要出国,不是她直接告诉我的,是我从其他同事那里听来的。"

"出国……"

要真是这样,那我就只能放弃古泽靖子这条线索了。

"她好像经常出国。"

他又补充了这句话。

"去年也是一样,春天就去了澳大利亚,一直到夏末才回来。那间公寓应该只是她的一个临时住所吧。"

从春天到夏末?

但是那起海难是在八月一日发生的。那不就是盛夏吗?

"那个,这是真的吗?"

"什么真的吗?"

"就是她从春天直到夏末都在澳大利亚的事情。"

"当然是真的,她还一次性付清了那几个月的房租呢。至于是不是真的去了澳大利亚,那我就不知道了,毕竟我也没看到过。兴许只是这么说说,实际去了千叶游泳也说不定啊。"

年轻员工的脸上露出一抹不怀好意的笑容。

那天晚上八点左右,我接到了冬子的电话。我告诉她今天没找到古泽靖子的公寓,另外还打听到了事发当时她已经去了澳大利亚。

"问题是,这个消息是否属实。"

冬子沉吟了一会儿后说道。

"也许就像那个房产公司的员工说的那样,去澳大利亚根本就是个幌子。只是我不明白她为什么要这么做。"

"如果那不是谎言呢?"我说道,"那么,意外发生时的古泽靖子到底是谁?"

"……"

电话那头的人似乎屏住了呼吸。我也沉默了。

"总之。"

冬子打破了沉默。

"她现在失踪了。"

"应该是的——对了,你那边有什么进展吗?"

我问。

第三章　消失的女人和死去的男人

"我成功找到了竹本幸裕的老家。"她答道,"我本来还以为他家大概是在东北的哪个深山里,结果居然离我们不远,就在厚木。我现在告诉你,你拿笔记一下。"

我记下了她给我的地址和电话号码。

"好的,谢啦!我这就去看看。"

"要是我也能去就好了,可惜我最近抽不出太多时间来。"

冬子抱歉地说。

"我自己去就行了啦。"

"有什么需要事先准备的东西吗?"

我想了一会儿,然后委托她帮我联系一下那个叫坂上丰的男人。坂上丰也是旅行成员之一,而且名单上还备注了他是"演员"的身份。

"没问题啊,小事一桩。"

"那就拜托你啦。"

我向冬子道谢后挂断了电话,然后立刻又拿起电话来。这一次,我按下的是刚刚从冬子那里得到的竹本幸裕老家的电话号码。

"你好,这里是竹本家。"

一个浑厚、年轻的声音传入耳中。我报上了自己的名字,并表示想问他一些关于幸裕的事情。

"就是你吗?"

忽然,男人严厉地问道。

"最近总在我们家外面鬼鬼祟祟的人,就是你吧?"

"啊?"

"你是不是在偷偷调查我们？"

"您在说什么？我今天才打听到您家里的信息呢。"

对方听完，似乎咽了咽口水。

"那就是我弄错了……真是不好意思啊。"

"那个，你们家最近是被什么人盯上了吗？"

"不，那件事与你无关，我只是有点敏感而已……你和我哥哥是什么关系呢？"

看样子，他应该是幸裕的弟弟。

"不，我和幸裕先生并不认识。"

接着，我告诉他自己是个推理小说作家，最近正在构思一部以海难为题材的小说。

"哦？小说吗？很厉害啊。"

我不明白小说有什么可厉害的。

"其实我想对去年那场意外做个采访，如果您方便的话，可以见面聊聊吗？"

"方便倒是方便，只不过我还得上班，得晚上七点以后才有时间。"

"您家人也可以的。"

"我就一个人，没有家人。"

"啊……"

"你想约什么时间？"

"嗯，尽快就行。"

"那就明天吧。明天七点半，本厚木站附近见，可以吗？"

第三章　消失的女人和死去的男人

"嗯嗯，可以的。"

询问过站前咖啡馆的名字后，我就挂了电话。这时，我的脑中又浮现出了他刚刚的那句话——

"最近总在我们家外面鬼鬼祟祟的人，就是你吧？"

这句话究竟意味着什么？是谁，又是出于什么目的，在调查竹本幸裕的老家呢？

4

第二天，我在约定的店里见到了竹本幸裕的弟弟。他递给我的名片上印着"××工业株式会社　竹本正彦"。

正彦比我当时在电话里听到声音后想象出来的样子还要年轻。看起来应该也就二十五六岁吧。个子很高，气质也很好。留着一头微鬈的短发，看起来干净清爽。

"您今天来，是想问些什么事情呢？"

他的态度比在电话里恭敬了许多。可能是我在电话里的声音听起来像个小女生吧。

"还挺多的。"我说，"比如那起海难事故的来龙去脉……不过，我想先了解一下他的工作。"

正彦点点头，将牛奶倒入面前的红茶中。他的手指纤细，看起来好像很灵活。

"您刚刚说您是推理小说作家，对吧？"

喝了一口茶后，他问我。

"是的。"

我点头。

"那您应该对其他作家也有深入了解吧？"

"不算深入，但多少还是有点了解。"

"那您听说过相马幸彦这个名字吗？一个专门收集外国新闻，然后卖给杂志社的人。"

"相马？"

我回忆了一下，然后摇了摇头。

"很遗憾，我对新闻报道类的作家并不了解。"

"这样啊？"

他端起茶杯，举到唇边。

"那个人怎么了吗？"

我问道。

他看着杯中的茶水说道："那就是我哥哥。"

"……"

"相马幸彦是我哥哥的笔名。我还以为您听说过呢，果然他的名气还是不够大啊。"

"您哥哥是自由作家？"

我有些意外。我记得报纸上说的好像是"自由职业者"。

"是的。他在美国生活过一段时间，去年才回日本。结果还没来得及回老家就遇上了海难，我真没想到他会死在日本。"

第三章　消失的女人和死去的男人

"您家里，就只有你们兄弟二人吗？"

"其实出事的时候，我妈妈还活着，她是去年冬天因病去世的。哥哥去世后，我妈妈的身体一落千丈。去年的这个时候，她的身体还算硬朗。后来妈妈去认领了哥哥的遗体，回来告诉我哥哥的遗体已经变得面目全非了。这一定给她造成了很大的打击。"

"您哥哥是怎么死的呢？"

"具体细节我也不知道。"

他先是这么铺垫了一句。

"据说救援船到达无人岛时，发现他躺在岸边的岩石旁，已经没有生命体征了。他们推测，哥哥是自己游到了岸边，却在海浪的冲击下一头撞上了岩石。"

说到这里，他咽了咽口水，喉结也随之上下移动了一下。

"但是，我一直觉得其中存在一些疑点。"

他换了一种语气说道。我也连忙竖起了耳朵。

"我哥哥从小就是运动健将，水性极好，完全不输给专业的游泳队员。所以，我实在无法相信，他会是唯一一个被海浪卷走的人。"

"……"

"当然，我也知道，那种情况下，水性好并没有多大的作用。"

"不好意思，我说了一句没用的话。"他又补充了一句后，端起杯子喝了一口。

"所以，您是在竹本先生遇难后才知道他已经回日本了，是吗？"

"是的。"他点点头。

"那您也不知道他为何会参加那次旅行，对吗？"

"我也只是听我妈妈说了一些。据说是因为我哥哥认识主办方,也就是运动中心的人,所以才有机会一同出行。"

"您说的这个运动中心的人,指的是内部员工吗?"

从他这个说法来看,也有可能指的是里面的会员。

"这个嘛,其实我也不知道。"

正彦摇了摇头。

"我妈妈只说了这些。"

"那您是不是也不知道对方的名字?"

"是的,很可惜……我一直都没有认真想过这件事。"

我猜也是。人都已经死了,这些细节又有什么要紧的呢?

"竹本幸裕先生平时都跟哪些人关系比较好呢?"

我换了个话题。看正彦的表情,他似乎也对此一无所知。

"这几年我们都没住在一起,所以我也不太了解。"

"这样啊……"

"不过,我倒是知道他好像有个女朋友。"

"女朋友?"

"哥哥去世几天后,我去过他家一趟,本来是打算整理一下遗物的,结果一进门就发现屋里已经被打扫得很干净了。虽然我妈妈认领完遗体后曾经过去一趟,但显然在那以后还有人进去过。我正纳闷呢,就发现桌子上放着一张纸条,留言的人表示自己是我哥哥的亲密好友,听说了哥哥的死讯后十分悲伤,所以过来归还了备用钥匙,顺便整理了一下房间。后来我找物业管理员问过,说归还钥匙的人,是个非常漂亮的女士。"

第三章　消失的女人和死去的男人

"那张纸条还在吗？"

他摇摇头。

"我放了一段时间，后来就给扔掉了。那个女士也没有主动联系过我，只是我一直记得这件事而已。"

"纸条上没有签名，是吗？"

"没有。"

"除了打扫之外，你有没有觉得幸裕先生的房间里有什么异常？"

"异常嘛……"

正彦似乎想起了什么。

"我哥哥的遗物里少了一样东西。"

"什么东西？"

"小扁酒瓶。"

"小扁酒瓶？"

"就是略带一些弧形的扁平状金属瓶。登山爱好者会把威士忌之类的酒装进这种小瓶子里。"

"嗯……"

说起来，我倒是在户外用品商店看到过这个。

"我哥哥去世时，身上除了衣服之外，就只有那个瓶子了。据说是因为被绑在皮带上，所以没有被海浪冲走。我妈妈本来打算先将其放在他家里，等过几天再去取。结果再过去的时候就发现瓶子不见了。"

"这样啊……"

虽然我不知道是谁拿走的，但那个人为什么独独拿走了瓶子呢？

"一开始我和我妈妈都觉得，会不会是哥哥的女朋友为了留个念想而拿走了，可葬礼当天并没有类似的女性出现。"

"这么说，您也猜不出那个女人的身份？"

"是的，正如我一开始说的那样，毫无头绪。"

"这样啊……"

就在这时，我的脑海中突然浮现出一个女人的名字。

"对了，您认识一个叫古泽靖子的女人吗？"

我问道。

"古泽？没听说过——"

很遗憾，正彦摇了摇头。

我拿出旅行成员的名单，打开后放在他的面前。

"那您看看，这里面有您认识的名字吗？"

他盯着那一排名字看了一会儿，然后轻轻叹了口气。

"一个都不认识。"接着，他又问道，"这些都是参加那次旅行的人吗？"

"是的。"

"哦。"

他说完，脸上的神情并无变化。

"我打电话给您的时候，您说了一句奇怪的话。"

我尽量装作若无其事的模样说道：

"好像是说，最近总有人在您家外面鬼鬼祟祟的。"

正彦苦笑了一下，拿起手边的湿手巾擦了擦额头。

第三章　消失的女人和死去的男人

"不好意思啊,我还以为您是那群人的同伙呢。"

"那群人?"

"唉,其实我也不知道那群人到底是谁。"

"这是怎么回事?"

"其实连我自己都不知道。"他耸耸肩,"第一次是邻居家的一位老奶奶问我:'竹本先生,你要结婚了吗?'我一问才知道,原来前不久有个男人来详细地打听了我的近况。所以那个老奶奶才会误以为是我未婚妻的家人正在调查我的为人。除此之外,听说我不在公司的时候,同事也接到过类似的电话。好像是在调查我最近的休假日期。"

"天哪……"

"我一开始猜测对方也许是警察,但这个想法很快就被自己给否定了。因为如果是警察办案,一定会先报上自己的身份、姓名。"

"那么,您完全猜不到他们调查您的目的,是吗?"

"是的,而且我现在也没打算结婚啊。"

"那就奇怪了。"

"对啊。"

竹本正彦一脸厌恶道。

目前可以说是毫无线索——与正彦分开后,我坐上小田急线,在晃动的车厢里努力理清思绪。

首先是川津雅之被杀身亡。他已经知道自己被人盯上,且似乎已经猜到了对方是谁。

问题一：他为什么不报警？

此外，雅之在被杀之前，曾与山森运动广场的山森卓也见过面。但山森社长表示他只是来做采访的。

问题二：川津真的是去采访的吗？如果不是，又是出于什么目的呢？

另外，就是川津雅之的部分资料似乎被人偷走了。说到资料，新里美由纪也曾问我要过。这些资料很可能与去年发生的海难有关，当时遭遇海难的，正是以山森社长为首的那些人。

问题三：那些资料里到底写了什么？还有就是新里美由纪的死。她显然知道些什么。

毫无头绪——我叹了口气。

其中的未解之谜实在太多了，所以无论我怎么努力将所有的线索串联起来，也完全理不清其中的逻辑关系。

但至少有一件事是明确的。

这一系列事件的开端，一定就是去年的那起海难。

而且，竹本幸裕遇难的背后，一定隐藏着什么秘密！

想到这里，正彦刚刚的那句话再次浮现在我的脑海中——"我哥哥……水性极好……我实在无法相信，他会是唯一一个被海浪卷走的人。"

第四章
Chapter 4

谁留下的信息

"请再允许我多说一句,如果凶手的目标是参加那次旅行的人员,那您就可能是下一个受害者。"
对话陷入长久的沉默。我和坂上丰互相看着对方的眼睛,谁也没有再说话。

1

两天后,我和冬子一起去拜访坂上丰。在乘坐出租车前往坂上丰位于下落合[1]的排练室时,我将从竹本正彦那里打听到的信息向冬子说了一遍。

"也就是说,有人正在调查竹本幸裕的弟弟,这就奇怪了啊。"

冬子抱着双臂,轻轻咬着下唇。

"到底会是谁呢?"

"会不会……那场意外中的某个幸存者?"

"那他又为什么要这么做呢?"

"不知道。"

我摊手道。最近这段时间,"不知道"都快成我的口头禅了。

我们讨论了半天,也没想出什么答案来,便将这个问题暂时搁置了。悬而未决的问题已经越来越多了啊。

不过,今天的首要任务是去见演员坂上丰。

我平时不怎么看戏,所以对这位坂上丰也并不了解。不过,冬子告诉我这是个十分年轻的演员,演了很多舞台剧,也算小有名

---

1 位于日本东京的新宿区内。

第四章　谁留下的信息

气了。

"据说他要是穿上中世纪的欧洲礼服，那才叫帅气呢。而且他歌喉也不错，是个很有发展前景的演员。"

这是冬子对坂上丰的评价。

"你有没有告诉他，我们今天是打算问一些关于去年那起海难的事情？"

我问道。

"说了。我本以为他会拒绝我，谁知道他竟一口答应了。他们这些人啊，对媒体果然还是毫无抵抗力。"

"原来如此。"

我深以为然地点了点头。

出租车停在了一栋三层建筑物的前方。下车后，我们便直接上了二楼。一上楼，就能看到一间装修得十分简单的大厅，里面只摆着几张沙发。

"你先在这里等一下。"

说完，冬子就沿着走廊走去。我坐在沙发上环顾四周。墙上贴着几张海报，大多是舞台剧的宣传海报，也夹杂着几张画展的广告。看样子如果剧团不使用，这里还可以对外出租。

海报前面有一个透明的小塑料盒，里面装着一些折叠的宣传单，上面写着："如有需要，欢迎自行取阅。"我抽出一张与坂上丰所在剧团相关的宣传单，折好后放进了包里。

很快，冬子就带着一个年轻男人回来了。

"这位就是坂上先生。"

冬子介绍道。

坂上丰穿着一件黑色的无袖背心，下身着一条黑色健身裤。一身古铜色的肌肉，看起来十分强健。长相却十分可爱，看起来他应该是个性格温柔的男人。

交换过名片后，我们面对面坐在沙发上。这还是我第一次拿到演员的名片，所以忍不住多看了几眼。但实际上，除了"剧团——坂上丰"几个字外，名片上也没有什么特别之处了。想来也对，毕竟我的名片也一样，只有一行简单的名字。

"这是您的真名吗？"

我问道。

"是的。"

他的声音远比他的外表看起来柔弱得多。不知道是不是我的错觉，我总觉得他看起来有些紧张。

我对冬子使了个眼色，然后就开门见山地问道：

"其实，我今天来这里，是想问您一些关于去年那起海难的事情。"

"我听说了。"

他用手中的毛巾擦了擦额头，但上面似乎并无汗水。

"那我就直接问了。请问您当时是怎么加入那次旅行的呢？"

"怎么加入？"

他愣了一下，这个问题大概有些出乎意料吧。

"或者可以说，您参加的动机是什么？"

"嗯……"

第四章　谁留下的信息

他舔了舔嘴唇。

"是石仓教练邀请我的。我常去运动中心，所以和石仓教练的关系很好。"

说罢，他又用毛巾擦了擦脸。他这么爱干净吗？明明脸上一滴汗水都没有啊。

"那您和其他人的关系如何呢？比如和山森社长有私交吗？"

"我们只是偶尔见面，谈不上有什么交情……"

"也就是说，当时参加旅行的游客中，大部分都是彼此刚刚认识的关系？"

"是的。"

坂上丰的声音很小，而且不带任何情感，让人猜不透他的真正想法。

"听说您游到了无人岛？"

"……是的。"

"所有人都到了那座岛，对吗？"

"是的。"

"只有一个人没有成功抵达无人岛，就是在海难中丧生的那位竹本先生。"我看着他的眼睛。但他依旧用毛巾遮着脸，所以我看不清他的神情。

"为什么只有他被海浪卷走了呢？"

我平静地问道。

"呃，这我就……"

他摇了摇头，接着喃喃自语似的说了一句：

"据说他不会游泳，会不会也是这个原因。"

"他不会游泳？他自己说的吗？"

我瞪大眼睛确认道。

"不……"

大概是被我突然提高的音量吓到了，他有些不安地转动着眼珠子。

"也可能是我理解错了，我只是觉得他好像说过类似的话。"

"……"

这就奇怪了。竹本正彦不是说过幸裕的水性不输专业运动员吗？那怎么可能不会游泳呢？

那么，坂上丰为什么要这么说呢？

看他的神情，似乎有些懊恼自己刚才说了不该说的话。

于是我换了个话题。

"坂上先生，您和去世的竹本先生平常有私交吗？"

"不，我们……并不认识。"

"也就是说，你们是通过那次旅行才互相认识的？"

"是的。"

"刚刚我问过您参加旅行的原因了，那您知道竹本先生为什么也参加了那次旅行吗？他好像既不是会员，也不是运动中心的员工吧。"

"啊，这个我就不知道了……"

"那您知道他跟谁认识吗？"

"……"

坂上丰闭口不言，我也沉默地盯着他的嘴。几十秒后，他才终

第 四 章　谁 留 下 的 信 息

于有些颤抖地开了口。

"为什么……问我？"

"嗯？"

我不禁有些惊讶。

"这件事没必要问我吧？你问山森先生不就好了吗？"

他的声音有些沙哑，但语气十分强硬。

"是不能问您吗？"

"我……"

他似乎想说些什么，可话到嘴边还是选择了闭口不言。

"我什么都不知道……"

"那我再换个问题。"

"没必要。"

说完，他就准备起身了。

"到时间了，我得去排练了。"

"和您一起旅行的成员中，有一个叫川津的人，对吧？"

我干脆直接问了。他的视线在我和冬子的脸上掠过，然后轻轻地点了点头。

"还有一位女摄影师，名叫新里美由纪。您还记得她吧？"

"她怎么了吗？"

"她被杀了。"

正准备起身的他，就这么半蹲着停了一拍。不过，他很快就又继续站了起来，然后俯视我们道：

"这跟我有什么关系？所以，你们究竟为什么要调查这些事？"

"川津雅之……"

我调整了一下呼吸后继续说道：

"是我的男朋友。"

"……"

"请再允许我多说一句，如果凶手的目标是参加那次旅行的人员，那您就可能是下一个受害者。"

对话陷入长久的沉默。我和坂上丰互相看着对方的眼睛，谁也没有再说话。

最后，他先移开了视线。

"我先去排练了。"

说完，他就朝着走廊那头走去。看着他的背影，我本想再多说一句，但最终还是什么也没说，只是默默地看着他离开。

2

"你为什么会那么说？"

冬子在回家的出租车上问我。

"你指哪句话？"

"凶手的目标是参加那次旅行的人员……"

"哦哦！"

我苦笑着吐了吐舌头。

第四章　谁留下的信息

"不知道怎的，就突然想那么说了而已。"

这次换冬子笑了。

"也就是说，毫无根据？"

"的确没有科学根据，但我真的这么觉得。"

"直觉？"

"……也许比直觉更有说服力。"

"洗耳恭听。"

冬子在狭窄的车内将跷着的腿上下互换了一下，然后靠近我问道。

"其实很简单。"我答道，"基于我们现在掌握的信息可以推断出，在去年那起意外发生时，应该还发生了其他的事情。而且有人在试图隐瞒那件事。"

"但你不知道具体是什么事，对吗？"

"确实，我不知道。但我觉得有一点可以肯定，那就是川津被偷的那些资料中一定留下了相关的信息。新里美由纪也曾企图得到那些资料，结果被人谋杀了。换句话说，凶手真正的目标或许并非试图解开那些秘密的人，而是试图守住那些秘密的人。"

"试图守住秘密的人，那就是参加旅行的那些人……对吗？"

"是的。"

听到我的话后，冬子紧闭双唇，看着前方点了点头。她似乎思考了良久，接着才继续说道：

"若果真如你所言，那接下来的调查可能会更难。"

"因为所有参与其中的人都会选择闭嘴。"

"当然。"

事实上，今天的坂上丰不就三缄其口吗？

"那我们该怎么办？剩下的只有山森身边的那些人了。"

"我们也不好就这么贸然地去找那些人打听啊。而且我总觉得，如果所有人都一致选择了闭嘴，那发出这个指令的人应该就是山森社长了。"

"还有别的办法吗？"

"这个嘛……"

我交叉双臂，微笑着。

"倒也不是完全没有。"

"你想怎么做？"

"很简单。"

我继续说道。

"即便山森社长已经向几乎所有人发出了某种指令，但还有一个人，应该从未收到过任何指令。那个人就是我的下一个对象。"

3

接下来的周日，我来到了东京的一座教堂前。

教堂建在一个安静的住宅区，外墙由浅棕色的砖块砌成。由于是建于斜坡之上，所以入口设在了二楼。前面是一段楼梯。

第四章　谁留下的信息

一楼是停车场。几辆汽车正沿着斜坡驶入停车场。

我坐在斜坡另一端的公交车站的长凳上，看着对面的教堂。不知道的，还以为我是在等公交车。其实，我是在等一辆可能会驶入那个停车场的车。

我决定去见见山森由美——那位患有视力障碍的少女。但很快我就意识到事情远没有我想的那么容易。虽然她每天都会去盲人学校上课，但都只会乘坐配有专职司机的白色奔驰，所以上下学的途中我根本没有机会单独找她说话。另外，我从那所学校的学生那里打听到，除了上课外，她只会在每周两次的小提琴课和周日去教堂的时候外出。当然，也都有司机接送。

思来想去，我还是决定在教堂附近等她。我觉得司机将她带进教堂后，应该就会返回车里等她。

我坐在公交车站的长椅上等待白色奔驰的到来。这种情况下，利用公交车站来掩人耳目就再合适不过了。即便一个女人独自坐在那里发呆，也不会有人觉得奇怪。唯一会觉得奇怪的，大概只有路过的公交车司机吧。

五六辆公交车驶过后，期待已久的白色奔驰终于出现了。

待奔驰车开进教堂的停车场后，我快速环顾四周，在确定周围没有人后，就穿过斜坡来到了教堂前。

我躲在附近建筑物的阴影处等了一会儿，终于看到两个女孩慢慢地从停车场走了出来。一个是由美，另一个与她年龄相仿的女孩子，应该是由美的朋友吧。那个女孩牵着由美的手，正朝我所在的方向走来。我没有看到司机的身影。

11 文字の殺人

于是，我从大楼后面走了出来，快步朝她们走去。她们并未马上发现我的靠近，但很快，由美的朋友就停下脚步，一脸惊讶地看着我。由美自然也跟着停了下来。

"发生什么事了？"

由美问她的朋友。

"你们好。"

我向她们打了个招呼。

"你好。"

回应我的是由美的朋友。由美十分慌张地转动着失焦的眼睛。

"是山森由美小姐吗？"

我知道她看不到我，便笑着说道。当然，她的脸色并未有所缓和。

"小悦，她是谁？"

由美问道。小悦大概就是旁边那个女孩的名字了。

我拿出名片，递给那个叫小悦的朋友。

"念给她听吧。"

她将我的名字一个字一个字地慢慢读了出来。由美的神情这才终于有了些松动。

"那天，我们在运动中心见过……"

"是的，没错。"

我高兴地答道，没想到她还记得我的名字。看样子，由美远比我想象的更聪明。

当小悦知道我和由美认识后，似乎也松了口气。我连忙抓紧时

第四章　谁留下的信息

间说明来意。

"我想和你说几句话,你可以等我一会儿吗?"

"呃,但是……"

"只要十分钟。不,五分钟也行。"

由美没有说话,看样子她是在顾及朋友的想法。

我转向小悦。

"我们说完后,我会带她去教堂。"

"可是……"

小悦低下头,有些含糊地说道:

"由美的家人拜托我要一直陪着她。"

"没关系,我一定会保障她的安全。"

但两个女孩都沉默了。双方都没有决定权,所以只能保持沉默。

"这是人命关天的事情。"

无奈之下,我只好据实相告。

"和去年那起海难有关。由美小姐当时也在场,对吗?"

"去年……"

她似乎一下子就紧张了起来,就连脸颊都慢慢变红了。不一会儿,这道红晕就蔓延到了耳垂。

"小悦。"她稍微提高了声音,"走吧,要迟到了。"

"由美小姐!"

情急之下,我抓住了她纤细的手臂。

"请放手。"

她的语气虽然严厉,却似乎夹杂着一丝痛苦。

"我很需要你的协助。那次海难发生的时候,除了海难之外,应该还发生过一些其他的事情吧?我希望你能告诉我。"

"我什么都不知道。"

"你不可能不知道,你当时也在场。这可是人命关天的事情啊。"

"……"

"川津先生和新里小姐都被杀害了。"

我决定赌一把,直接告诉她真相。由美的脸颊似乎抽搐了一下。

"你知道他们的名字吗?"

由美摇摇头,依旧紧闭着双唇。

"你可能忘记了,这两个人去年也曾一起参加过旅行,也和你们一起遭遇了海难。"

她张开嘴,似乎"咦"了一声,但声音并没有传进我的耳中。

"我认为那次意外的背后一定隐藏着什么秘密,这也是他们被杀的真正原因。我必须知道那个秘密。"

我抓住她的肩膀,看着她的脸。她应该看不到我的脸,但就像感觉到了我的目光般别开了脸。

"我……当时昏过去了,所以记不清楚了。"

她的声音就像她的身体一般柔弱。

"记得多少就告诉我多少。"

但她没有回答,只是有些悲伤地垂下眼眸,摇了几下头。

"由美小姐!"

"不行的。"

她退后一步,双手在空中搜寻着。小悦连忙握住了她的手。

第四章　谁留下的信息

"小悦，快点带我去教堂吧。"

由美说道。但小悦却一脸为难地看着我。

"小悦，快点啊。"

"嗯。"

小悦有些不忍地看了我一眼，接着就牵着她的手慢慢爬上了楼梯。

"等等。"

我仰头喊道。小悦似乎犹豫了一下。

"别停下来。"

由美立刻出言打断。小悦再次看了我一眼，轻轻点了点头后，便继续带着由美爬上楼梯。

我也没有再出声。

4

当天晚上冬子过来后，我便将白天发生的事情一五一十地说了一遍。

"唉，果然还是不行啊。"

她一脸失望地拉开啤酒罐上的拉环。

"敌方真是密不透风啊，真是出乎意料。没想到山森就连自己的女儿都交代过不能松口。"

"嗯。但似乎也不完全是这样。"

11 文字の殺人

我夹了一块熏鲑鱼放进口中。

"虽然最后她还是断然拒绝了我的要求,但脸上明显有些犹豫。如果是她父亲交代她保密,她应该不会露出那样的神情。"

"你是说,她是自愿选择闭口不提?"

"大概吧。"

"啊,真搞不懂啊。"

冬子轻轻摇了摇头。

"那起海难发生时,究竟还发生过什么事?就连那个身患眼疾的女孩子都要努力保守那个秘密吗?"

"我觉得,她应该是为了保护她的家人。"

"保护?"

"是啊,比如她的父亲或是母亲。因为她知道,一旦说出那个秘密,就会对自己的家人不利。"

"所以,简单来说……"

冬子停下来喝了口啤酒,然后又继续说道:

"她家里有人做了坏事。"

"不仅是她的家人。"

我说道。

"还包括其他幸存者。当然,也包括川津雅之和新里美由纪。"

不知为何,那夜我辗转难眠。

喝了几杯加水烈酒后,我钻进被窝,每次刚一入睡,就会立刻醒来。而且每次醒来之前,还总会做一个噩梦。

第四章 谁留下的信息

不知做了几次噩梦后,再次突然惊醒时,我突然出现了一种奇怪的感觉。我找不到词语来描述这种感觉,简单来说就是突然感到非常不安。

看了看床边的闹钟,此刻已过凌晨三点。我翻了个身,抱着枕头再次闭上眼睛。

然而,就在此时……

我听到了"咔嗒"一声。像是有什么东西被轻轻地敲了一下。

我再次睁开眼睛,就这么抱着枕头,竖起耳朵仔细听了一会儿。

但什么也听不到。就在我以为刚刚是个幻觉的时候,又传来了一个"叮"的金属音。我知道那个声音。

那是客厅里挂着的风铃声。

原来是风啊。这么想着,我再次闭上了眼睛。但下一秒却睁得更大了。与此同时,我的心也猛地跳了一下。

我记得睡前已经锁好了所有的门窗,根本不可能有风。

难道是有人闯入……

恐惧顿时在我的心头弥漫开来。我紧紧地抓着枕头,腋下渗出了汗水,心脏怦怦直跳。

又是一声微弱的声响!我不知道那是什么东西发出的声音,听着像是金属,却又比刚才的声音更长了一些。

我决定壮着胆子出去看看到底是什么情况。

调整好呼吸后,我半滑着下了床。为了不发出任何声音,我蹑手蹑脚地走到门口,再小心翼翼地把门打开一条缝,然后向外看去。

客厅一片漆黑,什么都看不见。只有电视上方录像机电子屏幕

上的时钟还亮着绿光。

我屏气凝神观察了一会儿,并未看到任何人影,也没有听到任何响声。等眼睛适应了黑暗后,我又重新环顾了一圈,依旧没有看到任何可疑的迹象。风铃也不再发出声音了。

我鼓足勇气,将门再打开了一点。同样没有任何变化,熟悉的客厅一如往常。

我这才稍微松了一口气。

我一边继续观察着客厅的情况,一边慢慢站直身体,伸手按下了墙上的电灯开关。顿时,微弱的灯光照亮了整个客厅。

没有人,也没有任何异常。我睡前喝的那杯加水烈酒依旧放在原来的位置。

难道刚刚那些都是我的错觉而已?

尽管这个结果让我松了口气,但我的不安并未完全消退。也许是我太过神经质了吧,但我还是觉得这里面透着某种蹊跷。

大概是太累了吧——我试图用这个理由安慰自己。可就当我正准备关灯回卧室时,一个与此前的响声完全不同的声音传入了我的耳中。

声音来自另一个房间——我的书房。这个声音我再熟悉不过了——这是通电状态下文字处理机发出的声音。

这就奇怪了——我暗道。

我记得上次处理完工作后已经关掉电源了啊,后来应该就没有再打开过了。

我小心翼翼地推开书房的门。当然,里面并未开灯。黑暗中,只有窗边文字处理机的显像管上依旧亮着白色的文字。电源果然开着!

第四章　谁留下的信息

刚才那种不安的感觉再次涌上心头,我的心跳也再次加速。我慢慢走近书桌,紧张得心都快跳出来了。看到文字处理机显像管上的文字后,我的双腿就再也无法动弹。

再不住手就杀了你

看到这行字后,我倒吸了一口凉气,良久才吐出一口气。果然有人进来过,而且就是为了给我留下这行警告讯息——

再不住手就杀了你……吗?

我实在想不出来,谁会用这么费劲的方法警告我?但那个人显然很了解我最近的行动,而且他在害怕。也就是说,虽然我们看起来没有什么进展,但无疑正在接近真相。

我打开窗帘。与屋内相比,屋外此刻亮得出奇,就像用圆规画出来的一轮圆月,正轻盈地飘浮在云端。

我看着月亮暗下决心——我不会退缩的!

5

在教堂遇到由美的三天后,我去了山森运动广场。那是一个阳光明媚的周三,我在出门前涂了一层比平常更厚的防晒粉底。

山森卓也爽快地答应了我想再次见面的请求,甚至没有问过我

的来意。我什么都知道——也许他是在暗示这一点吧。

到达中心后，我直接去二楼的办公室找了春村志津子。她今天穿着一件白色的衬衫。

"您是来找社长的吗？"

就在她正准备拨通内线电话的时候，我连忙用手制止了她。

"是的。不过还没到约定的时间，可以拜托你一件事吗？"

"什么事呢？"

"上次我来这里的时候，你不是给我介绍过一位叫石仓的首席教练吗？我想见见他。"

"见石仓教练……"

她看了看远处。

"是现在就想见吗？"

"如果可能的话。"

"行，那就请稍等我一下。"

志津子再次拿起电话，按下了三个按键。电话接通后，她让对方帮忙喊来石仓，并转达了我的请求。

"他好像现在刚好有时间。"

"谢谢，是健身房那层吗？"

"是的。嗯，需要我带您过去吗？"

"我自己过去就行了。"

我再次向她道谢后，就离开了办公室。

到达健身房时，我看到石仓正独自一人练着卧推。今天客人不多。只有零星的两三个人或是在跑步机上慢跑，或是在骑健身

第四章　谁留下的信息

车。我一边看着石仓用粗壮的手臂轻轻松松地举起一个看起来足有几十公斤重的杠铃，一边朝他走了过去。他也很快就发现了我的身影，对着我笑了一下。他似乎对自己的魅力很有信心，可惜我毫无兴趣。

"能结识如此美丽的作家，我深感荣幸。"

他一边说着，一边用运动毛巾擦去滴落的汗水。说实话，我平生最讨厌男人用这种口吻说话了。

"有些事，想请教您一下。"

"欢迎欢迎。您尽管问，我定当知无不言，言无不尽。"

他不知从哪里搬了两把椅子，顺便还买了两罐橙汁过来。一如我对他的第一印象，这应该是个很受中年妇女欢迎的男人。

"其实是关于去年的那起海难——啊，谢谢。"

他打开罐子上的拉环后递给我。我喝了一口后继续问道：

"您当时也亲身经历了那场海难吧？"

"是的，那次太可怕了。我感觉平时一整个夏天的游泳运动量都不如那一次多。"

他笑道。不得不说，他的牙齿还真是挺白的。

"当时有人遇难了，对吧？"

"嗯，一个男人，姓竹本。"

石仓轻描淡写地说完，又喝了一大口果汁。

"那个人是因为游得太慢了吗？"

"不，他被海浪吞没了。葛饰北斋不是画过一幅《神奈川冲浪

里》[1]吗？你就想象一下那种巨浪袭来的场景。"

说着，他用右手比画出了一个巨浪。

"你们是什么时候发现他不见了？"

"嗯……"

石仓蜷缩着脖子，微微低下头。我不知道这是不是他故意摆出的姿势。

"到了无人岛之后才发现的。毕竟当时大家都在拼命游向岸边，没工夫观察其他人的情况。"

"到了无人岛之后，你们就发现少了一个人，对吧？"

"是的。"

"你们都没有想过去找他吗？"

听我这么问，石仓明显愣了一下。然后一脸沉重地答道。

"如果不考虑这么做的成功率会有多高，"说到这里，他停了一下，"或许我愿意重新跳进海里救他。"

他又喝了一口果汁后继续说道：

"但这么做的成功率实在是太低了。一旦失败，可能连自己的命都会搭进去。我们都不敢冒这个险。而且当时就算有人愿意这么做，大概也会被其他人劝阻吧。"

"原来如此。"

其实我不太相信他的这个说辞。

1　日本画家葛饰北斋于19世纪初期创作的一幅彩色"浮世绘"版画作品。该画作描绘的是神奈川附近的海域（即"神奈川冲"）汹涌澎湃的海浪。

第四章　谁留下的信息

"那你们当时在无人岛上都做了些什么呢？"

我换了个问题。

"也没做什么特别的事情，就待在原地等待救援而已。当然，旁边有那么多同伴，所以大家都比较冷静，我们都相信一定能等来救援队。"

"这样啊？"

看样子从他口中应该得不到什么新信息了。

"非常感谢。"

我点头致谢。

"打扰您训练了，请继续吧。"

"训练？"

他有些不解地挠了挠头。

"您是说卧推？我只是太无聊了，练着玩罢了。"

"但看起来好厉害哦。"

这是我的真心话，毕竟每个人都有自己的长处。

石仓眯着眼开心地笑了。

"被您这么优秀的人称赞，我可太高兴了。但其实这并不难，您要不也试试看？"

"我？我不行的。"

"请务必尝试一下。来，请躺在这里。"

见他这么热情，我也不好再推辞，便决定试试看。好在今天穿的是轻便的裤装，行动还比较方便。

我在训练凳上躺好后，他从上方递来了一个杠铃。此刻杠铃的

两端只剩下两枚薄薄的圆盘，大概是他已经为我调过重量了。

"感觉如何？"

他在我上方问道。

"这个重量完全没问题。"

我上下举了两三次，确实不太吃力。

"要不要加点重量？"

说完，石仓就消失不见了。我试着又上下举了几次杠铃。念书那会儿，我曾加入网球部，所以过去一直都觉得自己体力不错。不过，我最近还真是有些缺乏锻炼，感觉好像已经很久都没有好好运动过了。

要不，干脆就趁这个机会成为这里的会员？我正想着，石仓似乎就回来了。

"石仓先生，这个重量就够了。一下子加太多重量，我怕明天肌肉就该酸痛了。"

没有人回答，怎么回事？就在我准备再次开口的时候，眼前突然一黑。

两三秒后，我才明白是有人在我脸上放了一条湿毛巾。我正准备呼喊，手臂上也感受到了巨大的压力。

大概是有人从上面用力压着杠铃。我用尽全力想要推开，但杠铃杆还是重重地压着我的喉咙，就算我想喊人也发不出声音了。因为此刻，我已经把全身所有的力气都放在了手腕上。双腿也根本派不上任何用场。

我的手臂逐渐麻痹，手掌的触感也在逐渐消失。呼吸变得越来

第四章　谁留下的信息

越困难。

不行了……

就在我绝望地打算放弃抵抗时,杠铃的重量突然减轻了。喉咙处的压迫感也消失了。与此同时,我听到了一个跑步声。

我抓着杠铃急促调整着呼吸。粗重的喘息声就像来自肺腑深处。

紧接着,我就感觉杠铃飘起来了。事实上,应该是有人替我取走了。

我吃力地挪动着麻痹的手臂,将脸上的毛巾取下。眼前出现的是一张熟悉的面孔。

"你好啊。"

眼前的这张笑脸,属于山森卓也。

"看起来你似乎很拼命呢?不过,也别太勉强自己哟。"

他怀里抱着的,正是刚才压在我身上的杠铃。

"山森……先生。"

不知不觉间,我已浑身是汗。血液涌上我的头部,就连耳根都热得发烫。

"我问了春村,她说你来这里了,所以过来看看。"

"山森先生……那个,刚才这里有人吗?"

"什么人?"

"我也不知道,但刚刚这里应该有人来过。"

"谁知道呢?"

他摇摇头。

"我来的时候没看到其他人。"

"这样啊……"

我摸了摸喉咙。杠铃杆压在上面的感觉似乎还未完全消散。有人想杀我吗？难道……

正想着，石仓就抱着圆盘回来了。

"怎么了？"

石仓一脸淡定地问道。

"你把客人丢在这里，自己跑哪儿去了？"山森社长斥责道。

"我想给她加点重量，所以就……"

"那个……石仓先生，我练够了。"

我摆了摆手。

"我已经知道自己的能力了，还是不要勉强自己了。"

"啊，是吗？真是可惜了。我本来还想让您多了解一下自己的能力呢。"

"我已经足够了解了。非常感谢。"

"这样啊？"

尽管如此，他还是满脸遗憾地看着杠铃。

"那我们走吧。"

山森社长说完，我从凳子上爬了起来，突然觉得自己有些站不稳了。

第四章　谁留下的信息

6

刚走到办公室，就看到山森夫人正准备从社长办公室里出来。

"找我有事？"

听到山森社长的声音，夫人看向我们道："有件事想和你商量。不过看来你有客人？"

我向她点头致意，而对方毫无回应。

"你先去其他地方转转吧？今天由美不在？"

"她去参加茶会了。"

"是吗？那你就一个小时后过来吧。请。"

山森社长说着开了门。进去前，我再次向他的夫人点了点头。我总觉得她的视线正直勾勾地落在我的后背上——犹如芒刺般尖锐。

一走进社长办公室，山森社长立即请我坐在沙发上。我刚坐下，女秘书就走了出去，大概是去准备茶水了吧。

"我读了你的小说。"

刚坐下，他就开口道。

"很有意思。其实我不喜欢复仇故事，好在这个犯人没有那种奇怪的自负心。我不喜欢那种满嘴大道理的复仇故事。"

我不知道该回答什么，只好胡乱应了一句："是吗？"

"但老实说，这本书里的部分情节，我不太满意。最不喜欢的一点就是通过犯人的遗书来揭开部分复杂的谜团。对这种凶手无缘无故就坦白一切的写法，我向来不认同。"

"一切正如你所说。"我顺着他的话往下说,"是我没什么天赋。"

"没那回事。"

他连忙客气道。话音刚落,女秘书就端着冰咖啡走了过来。

我从包装袋中取出吸管时,脑子还在想着刚刚的杠铃。就是那个被人压在我的脖子上,害得我差点窒息的杠铃。

有人用湿毛巾盖住了我的脸,然后用力将杠铃压在我身上。

那个人究竟是谁?

难道是山森?

冷静想想不难发现,那个人并没有打算置我于死地。如果我死在那里,肯定会引起很大的轰动,凶手也根本没有机会逃脱。

所以,那是对我的警告。

正如昨晚有人偷偷溜进我家一样,对方的目的很明显——警告我别再继续插手此事……

而那个人,肯定就在这个中心里面……

"喝不了冰咖啡吗?"

山森社长的声音突然响起,我不由得吃了一惊。这才发现自己正端着咖啡杯发呆。

"没有没有,我只是觉得这个冰咖啡可真好喝。"

说完这句话,我才发现自己一口都还没喝呢。

"我大概能猜到你今天来这里的目的。"

他津津有味地喝了一口冰咖啡后说道。

"是想问我一年前到底发生过什么,对吗?"

"……"

第四章　谁留下的信息

"你已经找很多人问过这个问题了。金井君、坂上先生，甚至还找过我女儿。"

"您知道得真清楚。"

"嗯，因为他们都是我最亲近的人。"

最亲近的人……吗？

"可他们都没有告诉我真相。"

听到这里，山森社长轻笑了一声。

"为什么你觉得他们说的就不是真相呢？"

"因为……"我转头看着他俊朗的脸庞，"因为那就不可能是真相啊，难道不是吗？"

他笑了一下，仿佛听到了什么有趣的事情似的。接着，他靠在沙发上点燃了一支烟。

"为什么你会那么在意那场意外呢？那件事与你毫无关系，对我们而言也都已经是过去的事了。虽然不能说应该忘了它，但也没必要一直提起吧。"

"但我确信有人因那起意外而被杀。对，就是川津和新里小姐。而且川津是我的男朋友。"

他轻轻摇了摇头，片刻之后又开了口："怎么就这么不听劝呢？"

说完，他深深地吸了一口烟。

"前几天刑警来过我这里。"

"刑警？是来找您的吗？"

"是啊，听说川津先生和新里小姐的关联之处在于，他们去年曾共同在某本杂志上发表过游记。所以现在警方正在排查参与那项工

作的人。于是他们就问我有没有什么线索可以提供。"

"您的回答应该是'没有'吧。"

"当然。"

他不假思索地答道。

"因为真的没有。去年的事只是一场意外,而不幸的是有一个人在那场意外中丧生了——仅此而已。"

"我不信。"

"你这是在为难我。"

山森社长的声音低沉得如同是从胃里发出的一般。他的脸上依然带着微笑,但眼里却无半点笑意。

"你这是在为难我。"他又重复了一遍,"这真的只是一场海难,单纯的海难意外而已。"

我没有回应他的这句话,只是努力用一种淡淡的语气说道:"有件事想拜托您。我想见见令千金。"

"见由美?"

他扬起一侧的眉毛。

"你想找我女儿做什么?"

"再问一次同样的问题。前几天她没回答我就走了。"

"无论你问多少次都一样,别浪费时间了。"

"我不这么认为,总之,请允许我见见令千金吧,就算她告诉我'什么都没发生'也没关系。"

"你这么做,我很难办的。"

山森社长的眼神里写满了拒绝。

第四章　谁留下的信息

"那起意外对我的女儿造成了很大的冲击。我和我夫人都希望她能早点忘记那件事。当时由美几乎处于昏迷状态，就算发生过什么也不会记得了。就算她当时还有意识，也可能记不起任何事情了。"

"您一定不肯让我见您女儿吗？"

"这件事上，恕我无法妥协。"

他冷冷地说完，看着我，像是在观察我的反应。我的沉默不语似乎让他甚觉满意。

"还请你理解一下我们的心情。"

"真的没办法了吗？"

"请不要再为难我们了。"

"好吧。不过还有几个问题，想让您为我答疑解惑。"

他伸出左手掌，仿佛在说"请"。

"首先是竹本幸裕的事情，为什么他会参加那次旅行呢？他似乎既不是会员，也不是贵中心的员工吧？"

换句话说，他和所有人都不熟，却又参加了那次旅行。这不是很奇怪吗？

"他的确不是我们的会员。"

山森社长若无其事地说道。

"不过他也常来我们中心锻炼。我经常在室内游泳池碰到他，因为我也常去那里，自然而然就认识了。也是因为这个关系，我邀请他参加了去年的旅行。不过，我们之间的关系也仅限于此，并无其他私交。"

我想起来了，山森社长曾是一名游泳运动员，竹本幸裕的水性

也极好。"

"也就是说,他是在您的介绍下参加的旅行。"

"是的。"

我姑且点了点头,其实心里并不完全相信他的这番说辞。他的话听起来的确不无道理。可是为什么没有一个人知道他和竹本幸裕之间的关系呢?这一点实在可疑。"除了竹本先生之外,还有一个和其他人都毫无联系的人——古泽靖子小姐。"

"啊……是的。"

"她也是您的朋友吗?"

"嗯,是的。"

山森社长突然提高了音量。声音大得有些不自然。

"她也是泳池的常客。不过那次海难之后,我就再也没有见过她了。"

"你们后来就没联系过了吗?"

"没有了,可能是有心理阴影了吧。"

"您知道古泽靖子小姐搬家了吗?"

"搬家?不知道呢,她搬家了啊?"

他轻轻地清了清嗓子,似乎是想表明自己对此不感兴趣。

"然后,嗯……"

见我停顿了一下,他连忙一边看着手表一边站了起来。

"可以了吗?不好意思啊,我接下来还有些安排。"

见他这么说,我也只好匆忙起身。

"谢谢您的招待。"

第四章　谁留下的信息

"嗯，继续加油吧。不过……"

他看着我的眼睛。

"凡事都要适度才好。不管做什么事情，都要切记不要越界。"

他似乎努力用一种轻松的语气说出这句话，但在我听来，却显得极其阴暗。

女秘书一路目送我离开房间。如果我没记错的话，她的名字应该是村山则子，也参加了去年的邮轮旅行。

"我也想问您一些事。"

走出房间前，我对她说道。她依旧保持着微笑，只是慢慢地摇了摇头。

"作为秘书，是不可以讨论不相干的话题的。"

她的声音很好听，也很清晰，就像正在舞台演出的演员一样。

"怎么都不行吗？"

"是的。"

"那好吧。"

她再次露出了微笑。

"我拜读过老师的书，很有意思。"

她口中的"老师"，应该就是我吧。我不禁有些吃惊。

"是吗？谢谢。"

"请您继续加油，写出更多好看的书哦。"

"我会努力的。"

"所以，还请不要在无关的事情上浪费太多精力。"

"……"

——嗯？

我再次看向她，那依旧是一张美丽的笑脸。

"那我就先回去了。"

说完，她就转身离开了。我呆呆地站在原地，看着她美丽的背影渐行渐远。

7

那天晚上我去了冬子家，说起来我已经好久没过去了。冬子的老家在横须贺，现在她住在池袋的出租公寓里。

"被盯上了？"

听我说完杠铃事件后，冬子惊讶地把比萨放在桌子上。

"不过，我觉得他们暂时没有打算动真格，应该只是在警告我而已。"

我剪完指甲，用锉刀磨着指甲的前端。

"警告？"

"警告我最好不要再追查下去了。其实，我昨晚也收到了类似的警告。"

"昨晚？昨晚怎么了？"

我便将文字处理机的事说了一遍。冬子就像是看到了什么恐怖的东西一样，不可置信地摇了摇头。

第四章　谁留下的信息

"可是，谁会做这种事……"

"我想我应该已经猜到了。"

我往比萨上挤了些塔巴斯哥辣酱，拿起来咬了一大口。虽然是便利店里买来的冷冻食品，不过味道还是很不错的。

"与那起意外有关的人啊，他们似乎都不想再提起那天的事了。所以对他们来说，我就像一只烦人的苍蝇。"

"但他们为什么要费那么大劲去隐藏那件事呢？"

冬子也伸手拿了一块比萨。我又倒了一杯加水烈酒。

"我已经有个初步的猜测了，我觉得应该跟竹本先生的死有关。"

"快说说你的推理。"

"现在还不是时候，得先要到直接证词才行。"

"但他们怎么都不肯开口啊，这可怎么办？"

"面对狡猾的成年人自然是没有胜算的。有机会攻破的，还得是纯洁的心灵啊。"

"所以……你准备再去找由美吗？"

我点点头。

"不过，我得先准备些能让她开口的东西。照目前这个情形看来，无论我问多少次应该都是同样的结果。那孩子应该是个意志很坚强的人。"

"让她开口的东西……这可太难了。"

冬子说完，正准备伸手拿第二块比萨，电话突然响了。

电话就在我旁边。

"应该是工作上的事。"

11 文字の殺人

说着，我就拿起了电话。

"您好，这里是萩尾家。"

"您好，我是坂上。"

"坂上先生……您是坂上丰先生吗？"

听到我的声音，冬子把送到嘴边的比萨又放回了盘子里。

"是的。您是萩尾小姐吧？"

"不，我是那天和萩尾一起去拜访您的……"

"啊，您是那位推理作家……"

"嗯，请您稍等一下……"

我用手捂住话筒，将听筒递给冬子。

"您好，我是萩尾。"

冬子正色道。

"是……啊？有事找我们？是什么……啊……是吗？"

这次换她捂住话筒看着我。

"他说有重要的事情要跟我们说，我们正在约时间见面，你应该随时都可以吧？"

"可以啊。"

接着，冬子又对着听筒说道："我们随时都可以。"

重要的事情……吗？

到底是什么重要的事情？上次见到他时，他还是一副极其不配合的模样。难道是想通了？准备好好回答我的问题了？

"好，明白了，那就明天等您通知。"

说完这句话，冬子就挂断了电话。不知道是不是错觉，我总觉

第四章　谁留下的信息

得她的脸颊似乎有些泛红。

"见面的时间和地点都定了吗？"

我问道。

"他说得先确认一下工作安排，然后明天晚上会再打个电话过来。"

"是嘛。"

如果可以的话，我真想马上见到他。

"他刚刚有提到是关于什么事情吗？"

我问道。然而冬子摇了摇头。

"说是见面后再告诉我们。我想应该是跟去年那起海难有关的事情吧。"我也觉得这种可能性极大，毕竟这是我们之间唯一联系的原因了。

"可他为什么突然想说了呢？上次去找他的时候，不是还咬死不松口。"

"谁知道呢？"冬子耸了耸肩，"也许是觉得良心不安了吧。"

"也许吧。"

我嚼着已经冷掉的比萨，又喝了一口加水烈酒，突然觉得有些兴奋。

其实现在根本就不是该吃比萨的时候。

不承想，第二天竟发生了那样的事。

次日傍晚，我去某出版社和一位名叫久保的编辑见了面。事实上，我最近找很多人打听过自由撰稿人相马幸彦（也就是竹本幸裕）的事情。问到这位久保先生的时候，他告诉我说自己或许有些线索。

久保先生以前是负责杂志类刊物的,最近转向做文艺类书籍了。

我们面对面坐在大厅里,这里只摆放着几张简易的桌子。此刻,大厅里没有其他人。角落里有一台电视,正在重播卡通片。

"相马幸彦是个很有趣的男人。"

久保一边擦着额头上的汗,一边说道。看他肚子上堆积着的脂肪,就知道他应该真的很热。

"他经常会一个人跑到国外去,一边工作一边采风,精力旺盛得令人钦佩。"

"但他的作品,好像销量很一般呢。"

"是的。这又是另一种能力了。"

久保用手比画了一下写字的动作。

"文学作品中还是需要加入一些悬念的。那个人就是缺少了这种灵活性。其实他之前带着自己的稿件来找过我很多次,但内容都太平淡了,让人没有继续读下去的欲望。"

"你们最后一次见面大约是在什么时候呢?"

"嗯……我们好长时间没见面了,差不多得有两年了吧,也不知道他最近在忙什么。"

"……您不知道吗?"

见我这么惊讶,他一脸疑惑地看着我。

"他在去年的一起海难中不幸遇难了。"

"啊……"

久保睁大了圆圆的眼睛,一脸不可置信的表情,再次擦了擦汗。

"怎么会这样?我完全不知道。"

第四章　谁留下的信息

"其实，我最近正在收集那次海难的相关信息，所以才来叨扰您，想问些关于相马先生的事情。"

听我这么说，他似乎没有丝毫怀疑。

"我明白了。你是想以那次海难为素材写一本书吧？"

我没有在这个问题上停留太久，得尽快回到正题了。

"请问，您对相马先生的私生活了解吗？"

"私生活？"

"简单来说就是关于女性的问题。他有女朋友吗？"

"这个嘛，其实我也说不好。"

久保眯起那双可爱的眼睛，皱了皱眉道。

"他一直都是单身状态，所以好像交往过不少女人。但你要是问我，他有没有固定的女朋友，那我可能就不知道了……"

"他交往过很多女人啊？"

"他在追女人方面可厉害了。"

说到这里，久保不禁微微扬了扬嘴角。

"他说过一句话：'找女人这件事啊，不是等到想找的时候再找，而是要趁着能找的时候赶紧找。'可能是在国外生活久了吧……"

趁着能找的时候……啊。

"所以他其实是个很有个性的人。唉……他居然去世了啊？我真是一点都没听说呢。而且居然还是死在海上……难以置信。"

他歪了好几次头，似乎对此事颇感意外，这当然也引起了我的注意。

"您是觉得无法相信？"

孤岛凶案
11 文字の殺人

听我这么一问,他立刻答道:"确实很难相信。他在很多国家都玩过独木舟和快艇,早就见惯了大风大浪,危及性命的场面也见过很多次了,不也都全须全尾地回来了?他这种人怎么可能在日本近海丢了性命呢?我真的很难相信啊。"

说到"很难相信"的时候,他连声音都高了几分。

听久保这么一说,我又想起了竹本幸裕的弟弟正彦说过的那句话。他当时也说过,自己根本无法想象哥哥会死于海难。

我不知道久保和正彦的话里有几分道理,或者那的的确确只是一场意外吗?

又随意闲聊了大约十五分钟,随后我起身准备离开。

"今天真是打扰您了,给您添麻烦了。"

"哪里的话。那就请继续加油吧!"

我们本打算一起走出大厅。走了一半,久保突然停下了脚步。

"我去关一下电视。"

他走到电视机前,正准备关掉。就在那一瞬间,我突然大叫了一声:"等等。"

因为电视屏幕上出现的那张特写照片,分明是一张熟悉的面孔。

那张毫无表情,甚至看起来有些可怕的照片下方,赫然写着"坂上丰"三个字。我才发现,这居然是个新闻节目。

"……警方已开始调查,初步怀疑这是一起杀人案件……"

怎么会……

我无视久保惊讶的神情,换了一个频道。其他频道的节目也在播放这则消息。

第四章　谁留下的信息

"今天中午……剧团成员在排练厅内发现了一个身上满是鲜血的年轻男子,并立即报警。警方到达后发现该男子已经身亡。经调查,死者生前为该剧团成员之一,名叫坂上丰,今年二十四岁,家住神奈川县川崎市。死者后脑疑似曾被锤子等物重击,从钱包等随身物品丢失的情况判断,这很可能是一起谋杀案……"

我无力挪动双脚,就这么呆呆地站在电视机前。

独白·三

  我不能原谅他们，不仅是因为他们夺走了我最宝贵的东西。

  他们的行为全然基于一种自私自利的价值观，且丝毫不以为耻，这让我无法容忍。我恨他们。

  然而，他们甚至还觉得这些行为都是理所当然的。他们还大言不惭地说："所有人都会这么做。"

  所有人吗？

  可笑至极！

  他们的行为，简直就是对人性的否定。

  我不求他们能有忏悔之心。我对他们毫无期待。他们根本就不配得到我的期待。

  就算他们反击，我也无所畏惧。因为大小王和 A 都已经捏在我的手里了。

１１文字の殺人

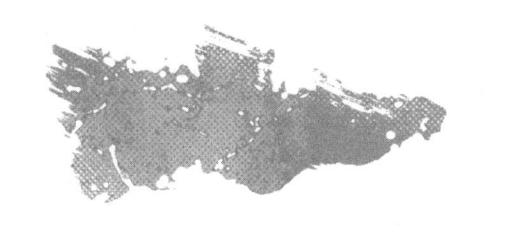

第五章
Chapter 5

盲女的话

或许最终将出现两种结果。

一种结果是所有人都被杀了。那就成了现实版的阿加莎·克里斯蒂笔下的《无人生还》。

另一种结果是,只有一个人活下来,其他人都将被杀。

那么,活下来的那个人很可能就是真凶了。

1

回到公寓，我洗了个澡，这才稍微平静了一点。我穿上浴袍，打开电视。大概是时间不对，把所有的频道都切换了一遍也没有得到任何新消息。

我从冰箱里拿出一罐啤酒喝了一口，接着叹了口气。疲倦感倾巢而出，瞬间覆盖了我的全身。

怎么回事……我不禁喃喃自语。怎么连他都被杀了。

无须警察调查，我也知道坂上丰一定是死于他杀。也就是说，他成了继川津雅之和新里美由纪之后的第三个受害者。

他们三人的共同点就在于，去年都遭遇过那起海难。除此之外，应该没有其他关联了。

凶手的目的究竟是什么？难道要杀光与那起意外有关的所有人吗？

如果我没猜错的话，接下来肯定还会接连有人被杀。凶手并不会就此停手，就像是在嘲笑束手无策的警察和我。

或许最终将出现两种结果。

一种结果是所有人都被杀了。那就成了现实版的阿加莎·克里斯蒂笔下的《无人生还》。

第五章　盲女的话

另一种结果是，只有一个人活下来，其他人都将被杀。那么，活下来的那个人很可能就是真凶了。

想到这里，我的脑海突然再次浮现出了一个名字——

古泽靖子。

她还活在这个世上吗？她的生死会直接改变我的推理方向，可我目前根本找不到任何关于她的线索。

除此之外——我继续思考着——坂上丰到底是想跟我们说什么呢？第一次见他时，即使他拒绝了我们，但似乎也在竭力克制着什么。一副很想说出真相，却又拼命忍住的模样。

就在这时，我突然想起了一件事，便将手提包拉了过来。翻找了一会儿后，果然找到了那份剧团宣传单。

上面介绍的是一部他们即将上演的现代剧。坂上丰的名字也在其中。可就在我看到坂上所饰演的角色时，差点没被啤酒呛死。

这是关于一个贫困学生假扮老人进入养老院的故事。

假扮老人？

我脑海中浮现出收到川津雅之那两箱资料时，那个一直站在阴影中窥视着我们的老人的身影。快递员说他没有看清楚老人的脸，我只是瞥了一眼而已。难道那个老人就是坂上丰乔装的？

如果真是那样，那就代表着他事先收到了川津雅之的资料会被送到我家的消息，便特地来这里蹲守。一旦找到机会，很可能想办法偷走那些资料。

一定是这样——我暗道。去年的意外背后肯定隐藏着什么秘密，一个所有人都在竭力保守的秘密。

11 文字の殺人

我正准备去拿第二罐啤酒时,电话响了。不用想也知道是谁打来的。

"看新闻了吗?"

听筒里传来了冬子失落的声音。

"又被捷足先登了。"我答道,"就差一点,我们就能从他口中得到线索了。难道凶手已经知道了我们要去找他的事情,所以先下手为强杀了他?"

"应该不可能吧……"

"不管怎么说,我们还是慢了一步。"

"……约得早一点就好了。"

"这不是你的错啦,别自责了。对了,我又发现了一些线索。"

我将那日的老人可能是坂上丰乔装的事说了一遍。冬子听完果然很惊讶。

"原来我们早就被敌人盯上了。"

"不管怎么说,既然到了如今这个地步,我们就得尽快找出海难背后的秘密了。或许警方也很快就能发现这三人身上的共同点。"

"但我们该问谁呢?"

冬子问道。

"正如我之前所说的,现在唯一有可能解答的人就只剩下一个了,那就是山森由美。"

"但我们目前还没办法让她开口吧?"

的确,我们暂时还找不到什么好办法。

"我决定了。"

第五章 盲女的话

我深吸了一口气,继续说道:

"这次要更强硬一些。"

2

坂上丰被杀三天后的晚上,我和冬子坐在车里。

"会不会太冒险了点?"

冬子将右手放在方向盘上问道。不过,她的目光依旧直视着前方。距离我们停车处几十米远的地方,有一栋白色的洋房,她的目光就落在了那栋房子的前方。大约一个小时前,载着山森由美的奔驰驶入了那栋洋房内的停车场。

"所有的责任都由我一人承担,放心吧。"

我看着她的侧脸说道。

"我担心的不是这个。就算山森发现是我们干的,他应该也不会报警。我唯一担心的是这辆车,要是给碰了刮了就麻烦了。"

冬子一边说着,一边敲了敲方向盘。这辆白色的奔驰车是她从一位作家朋友那里借来的。

我决定用强硬的方法与山森由美见面,无论怎样都要从她口中得到答案。但我们也知道,想见到她可不是件容易的事。

往返盲校的途中,她都会乘坐那辆白色的奔驰。就连每周两次的小提琴课,老师们也会亲自到停车场接她,下课后再亲自将她送回

停车场。旁人根本没有机会接近她。

除此之外,她几乎不会外出。据说,自从在教堂被我纠缠过后,她就再也没有踏足过那里。

与冬子再三讨论后,我们决定将目标锁定在小提琴课上。倒也不是出于什么特别的理由,单纯觉得既然要用强硬的手段,那就要尽量掩人耳目。那位小提琴老师住在山上,四周几乎没什么行人。再加上由美的课是在晚上,成功的概率应该也会大上几分吧。

很快,奔驰车上的时钟就跳到了八点四十分。

我迅速打开右边的车门,然后径直朝前方的房子走去,那应该就是山森由美上课的教室了。

洋房的四周被一圈华丽的砖墙所包围,旁边有一个可以停放两辆车的停车场。此刻里面只停着一辆白色奔驰。我朝驾驶座看了一眼,只见那位身材魁梧的司机已经把座椅放倒了,正躺在上面打着瞌睡。

我绕到驾驶座那侧,轻轻敲了敲车窗。因为逆光,他应该看不清我的脸。

司机先是微微睁开眼,紧接着就慌忙坐直身体,打开了电动车窗。

"不好意思,可以麻烦您把车挪开一会儿吗?"我用一种充满歉意的语气说道。

司机愣了一会儿,似乎在努力猜测我的身份,不过最终还是没有问出口。

第五章 盲女的话

"是有什么事吗？"

他疑惑地看着我问道。

"嗯，因为一会儿会有一辆货车开过来。"我说，"需要从这里把货物搬进去。"

停车场的后方有扇小门，应该就是用于搬运货物的。

司机闻言，回头看了看那扇门，然后点了点头道：

"是嘛！"

看样子，他应该相信了。

"那我该把车停在哪里呢？"

"前面有家咖啡馆。"

我指向那条路的前方。

"您可以先在那边的停车场休息一下，等由美小姐上完课后，我会过去叫您。"

说罢，我拿出一张一千日元的钞票递给他。司机一边说着"这怎么好意思呢"，一边接了过去，然后迅速发动引擎开了出去。

确认那辆白色奔驰已经朝着咖啡馆驶去后，我转身朝着相反的方向，用双手围出一个大圈。很快，远处传来了另一个相同的引擎声。两个车灯亮起，并缓慢朝我所在的位置靠近。

我们的白色奔驰停在了我的面前。

"看起来很顺利啊。"

冬子说道。

"接下来才是关键，由美也差不多要下课了。"

"要让发动机一直开着吗？"

11 文字の殺人

"可以啊。"

于是，冬子不熄火便下了车。接着，她打开了后车门。做完这些，我们就躲进了停车场。

仔细听，就能听到隐隐约约的小提琴演奏声。应该是由美练习的声音吧。琴声流畅、有力，大概这就是她隐藏的内心吧。

我们静静地欣赏着美妙的乐曲。不多久，琴声就停止了。我们从停车场偷偷地往前看去。

玄关门似乎开了，说话声也传入我们的耳中。我和冬子对望着点了点头，慢慢地走了出去。

"咦，中山先生怎么不见了。去哪儿了这是？"

一个身材高挑的女人牵着由美的手，目光在我们身边搜寻了一番后疑惑道。这个女人就是那位小提琴老师，至于她口中的"中山先生"，想必就是刚刚那位司机了吧。她看了看我们，不过目光并未在我们身上停留太久。或许只是单纯把我们俩当作恰巧路过这里的人了吧。高个子女人让由美坐上奔驰车的后座，然后关上了车门。她嘴里一边小声说着什么，一边继续张望着四周。她似乎对眼前这辆白色的奔驰车并无任何疑心。

"我们走吧。"

我说。

"可以啊。"

冬子答道。

我们径直朝汽车走去。小提琴老师起初只是有些疑惑地看着我们，但很快，她的眼神就变得慌乱了。见冬子一脸淡定地坐上驾驶

第五章　盲女的话

座,她更是瞬间被吓得脸色都变了。她脸颊僵硬,张大了嘴看着我们。但面对这种情况,她又似乎不知道该说些什么才好。

"这是我的名片。"

我将名片递了过去,并努力让自己的声音听起来很冷静。她伸手接过,但依旧大张着嘴巴。遇到预料之外的事情时,人类的反应可真有意思。

"请转告山森先生,我一定会把由美小姐平安送回去的。"

说完,我也坐进了后座。最先上车的由美一脸疑惑,似乎完全不知道发生了什么事。

"啊,那个……请等一下。"

"替我们向山森先生问个好。"

说完,我们的白色奔驰车飞快驰入浓浓的夜色,留下目瞪口呆的小提琴老师,拿着我的名片呆呆站在原地。

开车后不久,由美就认出了坐在自己身旁的人,正是几天前在教堂前与自己交谈过的推理女作家。应该是通过我身上的古龙香水味认出来的。

"对不起,用了这种方法见你。"

我先跟她道了个歉。由美没有任何回应。

冬子把车停在距离山森家不到一公里的一个公园旁边。说是公园,其实里面也就只有秋千和动物形状的混凝土块而已。大概是太简陋的原因,公园里甚至看不到一对年轻情侣的身影。

"我想再问一次几天前问过你的问题。"我说,"你会告诉我的,

11 文字の殺人

对吗？"

她没有回答，只是轻抚着小提琴盒。大概这样才会让她觉得安心吧。

"爸爸他。"

沉默了片刻，她终于开口了。

"让我不要乱说话……我当时已经晕倒了，所以记不清到底发生了什么。"

她的声音有些颤抖。

"但你相信自己的记忆是正确的，对吧？"

她又沉默了。

"没有吗？"

她摇了摇头。

"我不确定。因为爸爸说我已经分不清到底是梦境还是现实了……"

"由美小姐！"

我握住了女孩的手。她的手腕出奇的细，我生怕一不小心就把它折断了。

"正如我之前说过的那样，可能还会有更多的人被杀。现在只有一个方法可以拯救他们，那就是尽快找到凶手。所以，我们需要得到你的记忆，哪怕只是一个梦境和现实交杂的记忆也不要紧，我相信里面一定隐藏着重要的线索。"

我看着由美的脸。冬子似乎也通过后视镜凝视着她的脸。紧张的气氛，让本就狭窄的车厢变得越发让人呼吸困难了。

第 五 章　盲女的话

"你认识坂上先生吧?"

见由美歪着头思索的样子,我继续补充道:

"坂上丰先生,是一名演员,去年和你们一起参加了游轮旅行。"

听到这里,她小巧的嘴唇微微动了动。见状,我继续说道:

"他也被杀了。"

震惊之余,她的嘴唇又动了动,然后看着我的脸问道:

"你是在骗我吧?"

"我没有骗你。电视新闻都报道了。"

话一出口,我就意识到了她平时应该不看电视,也不看报纸。也许在家里的时候,会由某个人给她读报纸听,让她不至于与社会脱节得太厉害。如果真是这样,那么坂上丰的死就很可能会被刻意隐瞒。

"可能你还不知道,但坂上先生被杀一事是千真万确的。凶手现在正在把经历过去年那起海难的所有人一个一个地杀掉。"

少女的眼中,露出了明显的恐惧之色。我知道,她迷惘了,她似乎有些动摇了。

"你父亲可能也已经被凶手盯上了。"

我故意平静地说道。她不由得倒吸了一口凉气。

"爸爸也被……?"

"你母亲也一样。"

一直沉默着的冬子坐在驾驶座上开了口。她的这句话犹如压垮骆驼的最后一根稻草。由美的身体突然颤抖了一下。

"是的,没错。"

我说道。

"你母亲可能已经被凶手盯上了。还有由美……你也一样。"

由美深深地低下了头，就这么一动不动地过了几秒钟，然后才重新抬起头，深吸了一口气后对我说道：

"那……如果我现在告诉你们……你们能帮我吗？"

我和冬子在后视镜中对视了一眼。镜中的少女微微点了点头。

"我们会想办法的。"我说，"不管怎么说，我们都会尽力而为的。"

由美低着头小声说了一句：

"那你们可千万别告诉其他人。"

"我们保证，一定不会说出去。"

我点点头。

3

"难以置信，我的脚下突然踩空了……"

患有视力障碍的少女用这句话描述了海难发生瞬间的情景。她无法通过视觉来掌握四周的情况，只能用"身体突然失去平衡"的感受来判断游轮的状态。

"脚下踩空后，我立即就掉进了海水里。"她继续说着。只是她并不知道，究竟是自己掉入海里了，还是海水涌入了船舱。

第 五 章　盲 女 的 话

"我还从来没有掉进海里过。"

她补充道。

总之,她当时感觉自己全身都泡在了水里。

她非常害怕,在水中挣扎了一会儿,但很快就被人抱住了。与此同时,她还听到了一个声音:"别怕,是爸爸。"于是她拼命地抱着父亲……

"我也不知道后来发生了什么事情。当时我爸爸让我别乱动,所以我也就不再挣扎,只是紧紧地抓住他的手臂。然后就感觉自己的身体在向后移动。爸爸当时应该是向后游的吧。"

我一边听着她的话,一边想着,这大概就是救人时的游泳方式吧。

至于游了多久才抵达无人岛,她似乎也记不清了。只觉得过了好久好久才终于停下来了,但她也不确定是否真如自己感觉得那么久。她说自己向来就是一个对时间没什么概念的人。嗯,也许真是这样吧。

"靠近岛屿后,双脚也踩在了土地上,那颗悬着的心这才终于放下了。我一下子就仿佛被抽干了所有力气。"我感同身受地在心里默默点了点头。驾驶座上的冬子也点了点头。

由美说自己到达岛上不久,就失去了意识。大概是因为从极度紧张的状态中一下子放松了,而且也消耗了不少体力吧。

"醒来后,我听到四周有很多人说话的声音。我立即认出了他们就是和我一起乘船出来的人。得知大家都活下来了以后,我也松了一口气,可是……"

孤岛凶案

1 1 文字 の 殺人

说到这里，她突然停止了。就像一个在努力积蓄力量，准备一跃而起的人，却在最后关头停下了脚步。或许也正因如此，她才皱起眉头，仿佛对自己极其失望。

"我听到了一个女人的尖叫声。"

她深吸一口气后继续说道。

"非常大声……就像要把喉咙喊破一样。"

"她在喊什么？"

我问道。

"求求你们……"

由美的语气非常激动，就连冬子都忍不住扭头看了过来。

"帮帮忙吧……那个女人不停地喊着。"

我不禁深表理解地点点头。

"她说的是'求求你们帮帮忙吧'，对吗？"

"是的。"

"嗯……"我沉吟了一声。

"那么，她是想让你们救谁呢？那个女人不是已经得救了吗？"

"救他……"

她说到这里，停顿了一下，然后才继续说道："那个女人想让我们帮助救他。"

"他……吗？"

"你还记得那个女人是谁吗？"

冬子问由美道。

"当时参加旅行的女性成员中，除了你母亲、你父亲的秘书村山

第五章 盲女的话

小姐外，还有摄影师新里美由纪和古泽靖子两人，你知道求救的人是谁吗？"

"我不知道。"

由美摇摇头。

"我记得当时有一对看起来很像情侣的男女，应该就是那个女人吧。不过我不知道她的名字。"

情侣——？

如果真是那样，那就可以直接排除新里美由纪和村山则子了。当然也不可能是山森夫人。"所以那个女人是在请求你们救救她的男朋友？"

我又确认了一遍。

"应该是的。"

"当时都有谁在场呢？"

听到这个问题，由美的脸痛苦地扭曲起来。

"除了我爸爸外，应该还有其他几个人，但我也不太确定，因为每个人的声音都很低，而且我当时也还没有完全清醒……对不起。"

"这不是你的错。"我连忙安慰道。

"那么，他们听到求救声后是什么反应呢？有人去救那个女人的男朋友吗？"

说话的时候，我暗暗提醒自己一定要稳住情绪，结果一出口就发现，还是忍不住有些紧张。

她轻轻摇头。

"我听到有人说了一句'没办法'。那个女人还在哭着恳求大家，

孤岛凶案
11 文字の殺人

我很希望爸爸能想办法救救他，但后来好像就又昏过去了，所以后面发生的事我就不记得了。每次想要回忆的时候，我的头就会很疼。也许我爸爸说的对，我已经分不清梦境和现实了……所以我从来没有对任何人提起过这件事。"

说完，她紧紧地抱住了自己的琴盒。然后，就像受到了什么惊吓似的，蜷缩在座椅的角落处。

"这就是你在无人岛上的经历了，对吗？"

听到我的问题，她像发条娃娃一样点了点头。我把手掌放在她瘦弱的肩膀上，说了声："谢谢你。"

由美转向我，良久后才犹豫着开了口。

"你能保护我爸爸吗？"

我微微用力地捏了捏她的肩膀。

"谢谢你提供的信息，我想我能保护他。"

"幸亏我说出来了。"

"当然。"

在我说话的同时，冬子也启动了汽车引擎。

我将由美送到山森家门口，然后按下了对讲机。在告诉对方我们已经安全将他们家的千金小姐送回来后，我们就以最快的速度逃走了，全然不顾对方大声辱骂。坐在车内回头看时，我看到那个几乎全盲的少女正冲着我们的方向挥着手。

"看来事件的脉络已经逐渐清晰了。"

开出一段路后，冬子开口说道。

第五章 盲女的话

"一个女人,她的男朋友因为其他人的见死不救而死在了自己眼前。这个男朋友就是竹本幸裕。"

"毫无疑问,那个女人就是古泽靖子。"

我接过了话头。

"简而言之。"

冬子一边说着,一边对着前方突然刹车的汽车按着喇叭。显然,她已经习惯了对这辆白色奔驰车的操控。

"这个叫古泽靖子的女人,因为眼睁睁地看着男朋友死在眼前,便对那些见死不救的人展开了报复。"

"不过,真的就这么简单吗?"

"是啊。因为很简单,所以山森肯定也已经意识到了。不仅是他,其他参加过那次旅行的人应该也都意识到了。"

"要真是这样的话……"

说到这里,我的脑海中浮现出一个场景——我最后一次见到川津雅之的那个晚上。

"川津应该也意识到自己会受到古泽靖子的报复。所以去找了山森,大概也是为了商量这件事吧。"

说到这里,我总觉得心里堵得慌。我的男朋友也曾对竹本幸裕见死不救吗?

不,当时他的腿受伤了……

"也就是说,川津那些被盗的资料中,记录了与由美告诉我们的那些事类似的信息。"

我点了点头。

"这也就很好解释,为什么新里美由纪要想方设法得到那些资料。而且所有经历过那起海难的人都对此事三缄其口。"

"问题是古泽靖子。"冬子说,"她到底在哪里……"

"也许她就藏在某个地方,等待下一个杀人的机会。"

我想象着那个从未见过的女人。虽然是一场意外,但看到自己的男朋友死在自己眼前,却无能为力,她该有多痛苦呢?她和那些冷血的人共度了一夜,次日就被救出了无人岛。或许,她从那时起就已经开始拟定自己的复仇计划了。

按照她的剧本,下一个被杀的人又会是谁呢?

4

在意大利餐厅吃过饭后,我回到了公寓。此刻已经十一点多了。走廊里很黑,我在包里摸索了很久才找到钥匙。插入钥匙孔,转动钥匙。

不对劲!

怎么没有锁被打开时的卡滞感?

我拔出钥匙,转动门把手,再一拉。大门居然就这么毫无阻力地被拉开了。

难道是我出门时忘了锁门?

不可能——我很快就否定了这个可能性。自从发生过川津雅

第 五 章　盲 女 的 话

之资料失窃事件后，我对"锁门"这件事已经紧张到近乎神经质了。我敢保证今天出门前一定锁好了门。

那岂不就意味着……有人进来过。甚至可能……那个人此刻还在里面！

我打开门走了进去。房间里没有开灯，一片漆黑，也没有任何声音。

但是直觉告诉我，屋里有人。我甚至可以感觉到对方的气息。而且，空气中似乎还带着一丝香烟的味道。

一进门，我就能摸到电灯开关。我小心翼翼地伸出手，按下开关。

眼前的场景让我忍不住倒吸一口冷气。我不禁闭上眼睛，靠在墙上。等自己的心跳稍稍平静了一些后，才又缓缓睁开眼睛。

"等你好久了。"

说话的是山森社长。他正跷着脚坐在沙发上看着我。虽说他的脸上挂着笑容，但眼神却依旧冷冽得如同属于另一个人。

"我总算知道了。"

我终于有力气说话了，但说到最后一个字时还是难免有些颤抖。

"多次潜入我家的人就是你吧。在纸箱里乱翻，又在文字处理机上玩弄花招。"

"我可不做那种事。"

他的声音很平静，平静得可怕。

"就算你不做，也完全可以让别人做。"

他没有回答，只是用左手的手指挠了挠左耳。

"想喝点什么吗？我家有啤酒和威士忌。"

他依旧没有回答，只是轻轻地摇了摇头表示拒绝。

"你知道我为什么来这里吗？"

"是有话想跟我说吧？"

"聪明。"

他将跷着的腿上下互换了一下，然后看向我。用一种审视的目光，从头到脚打量着我。我读不出那双眼睛中隐藏的情绪。

"帮我把由美送回去了吗？"

等到打量够了，山森社长才终于开了口。

"安全送达。"

我答道。

他又挠了挠左耳。

"你可真是大胆。"

他的语气依旧很平静。

"不好意思。"

我先是表达了歉意。

"我这个人，向来是有想法就会立即执行。"

"会成为作家，也是因为这个性格吧？"

"是的。"

"还是改改比较好。"他说，"不然还得被男人抛弃，就像你的前夫一样。"

"……"

我无言以对，甚至还有些慌张。他居然对我做了这么深入的

第五章　盲女的话

调查。

"要是我报警，你又该怎么办？"

"我没想过这个可能性。"

"因为你觉得，只要我知道带走我女儿的人是你，就不会去报警？"

"确实有这个原因。"

我答道。

"不过，还有另一个更重要的原因。如果你报警，那么我从由美那里听到的那些事就会被公开。相信你不会这么鲁莽的。"

"你相信我女儿说的那些话？"

"我相信。"

"或许你无法想象，但当时由美正处于一种极限状态，所以根本分不清梦境和现实。"

"但我相信她的经历都是真实发生过的事情。"

他沉默了。我不知道他是在思考该如何应对，还是为了制造某种氛围。

过了一会儿他才说："那就随你吧。总之，别再做多余的事情了，我这也是为了你好。"

"谢谢了。"

"我是认真的。"

他的眼中藏着锐利的光芒。

"你的男朋友被杀，我也深表同情，但你还是赶紧忘掉这件事为好，否则下次受到伤害的就是你自己了。"

"受到伤害……你是指我也会被盯上？"

"不止这样。"

他用一种极其阴沉的声音说道。

"对方不会轻易放过你的。"

我咽了咽口水。他看着我，我也看着他的眼睛。

"也许。"

我开口说道。

"你们现在是在联合行动，而且所有人都会听从你的指令。想必调查竹本幸裕弟弟一事，也是你的指令吧？"

"你是在问我吗？"

"我只是想到什么说什么而已，不用管我。毕竟这是我家，我还是有言论自由的吧？"

"当然。我能抽根烟吗？"

"请。我就继续说了。川津和新里小姐被杀后，你就开始怀疑凶手是在对一年前见死不救的你们展开报复。于是你便开始调查起了竹本的弟弟，也就是竹本正彦，因为他的确具备作案动机。于是你就想，如果能知道川津和新里小姐被杀时他的行踪，或许就能推断出他是不是真凶。"

我说话期间，他掏出了一支烟，用一个看起来十分高级的银色打火机点着了。抽了一口后，他摊开手掌，示意我继续说下去。

"不过……虽然这只是我的猜测，但他应该有不在场证明。因为事发当天他应该去上班了。"

"……"

第五章 盲女的话

"凶手是古泽靖子吧？这是一个问题，请回答。"

山森社长连续吸了两三口烟，然后又吐出了两三口烟。这期间，他的目光始终停留在我的脸上。

"还是别跟她扯上关系比较好。"

这就是他的答案。说完便又闭上嘴。我没明白。

"别跟她扯上关系……是什么意思？"

"不管什么事，都别跟她扯上关系，就是这个意思。"

又是一阵沉默。

"我再问你一次。"山森社长说道，"你真的不打算收手吗？"

"不打算。"

他叹了口气。口中残留的烟雾也随之一起被吐了出来。

"真是拿你没办法啊！"

他将烟头摁在烟灰缸里熄灭。这个烟灰缸还是我前夫用过的。他到底是从哪里找出来的？

"我们换个话题吧，你喜欢船吗？"

"不是特别喜欢……"

"下个月我们要去游轮旅行，除了去年的成员外，还有几个新人加入，不知道你有没有兴趣一起参加啊？"

"游轮……你们又打算去Y岛吗？"

"是啊，和去年是完全相同的路线，还会顺便拐到去年待过一夜的无人岛。"

"就连无人岛也……"

他们为什么会这么做呢？总不能是为了去做什么一周年的法事

吧？不过，山森社长和他的同伴们肯定是带着某种目的去的。

杠铃事件又一次浮现在我的脑海里。

参加这次旅行，就代表我要深入虎穴。甚至他们的目的也许就是除掉我。

"你似乎在担心什么。"

山森社长看出了我的犹豫。

"如果不敢一个人去，那就带个朋友吧。那位小姐是姓萩尾吧？让她陪你去吧？"

如果冬子能陪我去，那我确实会安心不少。而且，我觉得调查已经陷入了瓶颈，如果不走出去，可能永远不会有任何进展。

我无法判断由美的话是不是真相，即使我能找到证据，也不会对事件的进展起到任何作用。所以，我不想错过这个所有当事人都聚集在一起的难得机会。

"我知道了。"

我下了决心。

"我会参加。只是不知道冬子能不能腾出时间来陪我，过两天再给你正式回复吧。"

"没问题。"

山森社长起身拍拍裤脚，然后整理好领带，最后又清了清嗓子。

我这时才发现，他居然是穿着鞋子进来的。难怪我刚刚在门口没有发现男鞋。他从我面前经过，然后径直走到门口。我仔细一看，地毯上已经留下了鞋印。

开门后，他又转过身来，接着从裤子口袋里掏出一样东西，扔

第 五 章　盲 女 的 话

到了地板上。一个沙哑的金属声响起，然后归于宁静。

"这个已经没用了，给你吧。"

"……谢谢。"

"那就海边见了。"

"……海边见。"

他打开门走了出去。脚步声也随之渐渐远去。

我捡起他扔在地板上的东西。指尖传来一阵凉意。

……原来如此。

我恍然大悟。

这应该是我家的备用钥匙。

１１文字の殺人

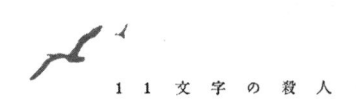

第六章
Chapter 6

再次出海

出发几个小时后,游轮就到达了去年那起海难发生地的附近。接到山森社长的通知后,所有人都聚集到了甲板上。

"这就是我们去年漂到的那座岛。"

1

夏季的游轮港口格外热闹。

各种船只停靠在岸边,四处都是满心欢喜地做着启航准备的人。皮肤晒得黝黑的年轻人在搬运行李时,腰部更是扭动出了美丽的节奏感。

大海在阳光的照耀下闪着美丽的光芒。目之所及,一片湛蓝。

到达约定的地点后,出来迎接我们的是春村志津子。

"我们的运气不错,今天是个大晴天。"

她的脸上总是带着亲切的微笑。志津子今天穿的是吊带背心和短裤,让我甚至都有些忘了她平时的形象。

"大家都到了吗?"

我问道。

"是啊,就差你们俩了。"

我们跟着她一路往前走,很快就看到了站在白色游轮甲板上的山森社长。看到我们后,穿着短袖T恤的山森社长举起粗壮的手臂朝我们打了个招呼。

"多谢关照。"

等我走到游轮旁边时,他开口说道。

第六章　再次出海

"感谢您的关照。"

我说完,他摘下墨镜,抬头看着天空说道:"这种天气可太适合乘游轮出游了。"

正说着,就看到金井三郎默默地走过来,把我们的行李都搬上了游轮。我和冬子也跟在他身后进入船舱,只见里面摆着一张小床,上面坐着秘书村山则子和山森夫人母女。村山则子看到我们后轻轻地点了点头,山森夫人则看都没看我们一眼,大概还在怪我们那天把由美掳走的事情吧。由美似乎还没发现进来的是我们两个人。

"船尾还有一间客舱。"

说着,金井三郎就走进了一个狭窄的通道,我们也跟在后面走了进去。没想到,通道中间居然还设有厕所和淋浴间。

船尾的客舱里已经住进了一位旅客。我很快就想起了这个年轻男人的身份。

"竹本先生?您也来了啊?"

听到我的声音后,正在读着杂志的竹本正彦抬起头看了过来。

"哦!"

他露出了好久不见的表情。

"前几天谢谢您了。"

等金井三郎走远后,我向冬子简单介绍了竹本正彦的身份。

"是山森社长邀请我来的。这毕竟是我哥哥去世的地方,所以我决定接受邀请,亲自来看看。"

"这样啊……"

我的心情很复杂。或许在竹本正彦的心里，山森社长还是一个善良的好人吧。他一定想不到，自己的兄长正是死于山森社长及其朋友们的见死不救。

"对了，上次你说似乎有人在调查你，后来怎么样了？找到那个人了吗？"

"没有，最近没什么动静了。说起来，自从我上次见过你之后，那个人就突然不见了。"

"这样啊？"

我点点头。

十分钟后，我们的船出发了。当然，当时我并不知道这艘船将驶向何处。

2

游轮缓缓南下。不过，由于我并不知道游轮应该是什么速度，所以也判断不出它开得究竟是快还是慢。只不过出发前，游轮船长山森社长曾说过一句"我们会开得比较慢"。于是我便先入为主地认定这是比较慢的速度了。

我和冬子并肩坐在后甲板上，望着渐渐被我们甩在身后的本州。透过浩瀚的海洋，本州就像位于海天之间的一点异物。

"我们第一次去山森运动广场时，是先去了游泳池，然后才见到

第六章　再次出海

山森的，对吧？"我用只有冬子能听到的音量说道。

"是的。"

"当时我们把贵重物品都寄存在前台了，对吧？"

"是的。"

"我们应该游了不到一个小时吧。"

"是的，应该差不多。"

冬子大概不明白我为什么要提起这件事。

"如果有一个小时，应该足够从我的包里拿出大门钥匙，再去附近找锁匠复制一把钥匙了吧。哪怕没法当场复制出来，至少也能先拓印出来吧。"

"你的意思是……"

"没错。"

我笑道。

"为了得到我家的备用钥匙，他找了个由头先把我们打发去了游泳池。我也是昨晚才突然想明白这一点。虽然现在已经晚了。"

确实已经晚了。因为山森社长已经不需要了，所以才会把它丢给我。

"也就是说，我们刚打算去见山森，他就已经知道我们想做什么了。"冬子说。

"准确地说，他比我们更了解我们的行动计划。因为我们不知道纸箱里装有什么，可他们知道。"

"可是他们为什么知道呢？"

"那还用说吗？"

我淡淡地说道：

"必然是从新里美由纪那里得到的消息啊。她的任务是从川津的房间里找到与海难相关的资料并带走，很可惜她失败了，便立即找山森汇报了情况。原本次日新里美由纪就可以得到那些资料了，结果我们又去找了山森。于是他们临时改变计划，由山森亲自出面取走我的钥匙，并复制了一把备用钥匙，等待时机潜入我家。不过，真正潜入我家的人很可能是坂上丰，他先是打扮成一个老人的样子过来打探情况。"

"似乎每个人都很努力啊。"

"可不是嘛。"

他们的确很努力，但能不能不要随意闯入别人家里啊。更何况还是穿着鞋子踩进来。天知道我为了去掉山森社长的鞋印花了多大功夫。

"不过……"

冬子若有所思地说道。

"他们到底为什么要组织这次旅行呢？把所有相关人员都聚集在一起……我不觉得这么做能解决什么问题。"

"这确实……很奇怪。"

我看向舵室。只见山森夫人和由美正站在山森的身旁说着什么。由美看不到大海的颜色，但似乎正在全身心努力感受大海。不知为何，我突然感到一阵寒意。

出发几个小时后，游轮就到达了去年那起海难发生地的附近。接到山森社长的通知后，所有人都聚集到了甲板上。

第六章　再次出海

"这就是我们去年漂到的那座岛。"

顺着山森社长所指的方向望去,那个小岛像某个人蹲在海面上,静静地伫立在天地之间。从这个位置看去,它的四周没有任何其他岛屿。一碧万顷的大海中突然出现了一个树木葱茏的地方,令人不由得感慨造物主的神奇。这座岛屿看起来就像个远道而来的客人,恰巧路过这里小歇片刻。

所有人都只是默默地盯着那座无人岛,谁也没有说话。一年前成功抵达那座岛并捡回一条命的人自不必说,哪怕是竹本幸裕的弟弟竹本正彦,此刻心里也一定五味杂陈吧。

"我哥哥他……"

竹本正彦开口打破了此刻的安宁。不知何时,他已经捧着一束花站在我们身后了。

"哥哥他水性极好。"

他的语气很平静,但音量足以让所有人都听到。

"我怎么也想不到他会死在海上。"

说着,他往前走了一步来到我们身旁,然后将那束花扔进了曾经吞噬他哥哥的大海里。花束在我们眼前漂浮了一会儿,随后就慢慢漂向了远方。

他双手合十看向大海。我们也纷纷效仿。如果此时正好有一艘船从旁边经过,上面的人一定会很诧异吧。

按照计划,我们于当天傍晚抵达 Y 岛。幸好投宿的旅馆派了车来接我们。否则这岛上荒无人烟,我们还真是不知道该往哪儿走

11 文字の殺人

才好。

小型巴士将我们带到了一栋相对较新的两层楼房前。钢筋水泥的材质，让这栋楼看上去有一种雅致的国民宿舍[1]的感觉。大楼前有一个停车场，四周绿荫环绕。

进了旅馆后，我们就去了各自的房间。我和冬子的房间在二楼的尽头，南侧的窗户下方就是停车场，再往前便是蔚蓝的大海了。房间里放着两张床、一张小书桌，除此之外还有餐桌和藤椅。床头的灯架上摆着一个闹钟。

看起来还不错。

晚餐六点开始。当天的晚餐气氛不算热烈，不过想来倒也正常，毕竟大家目前都还不太熟。

山森卓也和自己的妻女谈论钓鱼和游轮的话题，他的秘书村山则子坐在一旁静静地听着。金井三郎和春村志津子时不时就起身忙前忙后，不知道的还以为他们原本就是这家旅馆的员工呢。我的脑海中再次浮现出这两人似乎是恋人的事情。

全程不说话的，似乎只有竹本正彦一个人。仔细想想倒也正常。倒不是他故意板着脸，大概是因为并没有特别想和谁说话吧。他只是不停地伸手去夹桌上的生鱼片。山森社长偶尔会找他说说话，但似乎没说几句就没了下文。

吃完饭后，所有人都不约而同地走向了隔壁的大厅。厅内放着

---

[1] 建于自然公园、国民保养温泉地等自然环境优美的度假胜地内的住宿设施或休息设施。

第六章　再次出海

游戏机和台球桌。

竹本正彦率先走到台球桌旁,接着熟练地拿起巧克涂在球杆的前端,然后像是要小试身手似的,出杆击中白球。在撞击桌边反弹三次后,白球准确地击中了位于他正前方的那颗红球。不知从哪里传来赞叹的声音。

"可以教教我吗?"

村山则子一边说着,一边走近他。

"那是我的荣幸。"

说完,他就将另一支球杆递给了村山则子。

接着,他开始讲解起四球的基本规则。又过了一会儿,只见山森带着一个身材矮小、皮肤黝黑的男人一起从餐厅走了出来。那位矮小黝黑的男子,应该就是这家旅馆的老板了。

"佑介。"

山森社长突然大声喊道。佑介是石仓的名字。石仓的右手握着一支黄色的飞镖头,看样子是正准备和金井三郎以及志津子一起玩飞镖。

"来陪我们玩一会儿?"

山森社长摆出一个罗列麻将牌的姿势。听到这句话,石仓的神情顿时就变得不一样了。

"人齐了吗?"

他高兴地问道。

"三缺一,就差你一个了。"山森社长答道,"老板和主厨也会一起。"

"是吗……那我也玩一会儿吧。"

说罢，石仓就跟着他们一起走向楼梯口。我看过这里的平面图，所以知道麻将室位于旅馆的地下室。

此时，音乐声突然响起。我看了一圈，发现山森夫人正准备从摆放在角落的投币式自动电唱机旁离开。她走到正坐在沙发上的由美身边，接着母女俩就小声地谈论起来。由美正用手指在书上摸索着。那大概是一本盲文书吧。

金井三郎和春村志津子依旧在玩着飞镖，我和冬子则在他们旁边玩老式弹球机。里面的反弹吸收板早已是一副"老态龙钟"的模样，所以玩家很难在这台机器上获得高分。即便如此，冬子还是得到了足够重开一局的分数。太厉害了！

我又试了好多次，可始终没法超过冬子的得分，便打算先回房间去了。冬子依旧兴致勃勃地操纵着反弹吸收板，大概还想再次刷新自己的记录吧。

走上楼梯时，我又回头看了一眼底下的人们。

打台球的、玩飞镖的、打麻将的、玩弹球的、听音乐的、看盲文书的……

这些就是今晚投宿在此的客人了。

第六章　再次出海

3

回到房间时，床头柜上的闹钟正好指向晚上八点。我打算先去洗个澡。

走进浴室，塞上浴缸塞，接着打开热水。就算是欧式浴缸，我也会努力让自己全部浸入水中，这已经成了我的一个习惯。热水从水龙头里倾泻而下，发出尼亚加拉瀑布般的剧烈响声。

趁着放水的间隙，我顺便刷了牙、洗了脸。旅馆为我们准备的毛巾很柔软，质量也很好。

洗完脸后再一看，热水已经放到肩膀处了。关掉热水后，水声顿时消失，就像被瞬间吸入了某个黑洞一般。

躺进装满水的浴缸后，我开始思考这次旅行。

他们究竟是出于什么目的而计划了这次旅行呢？他们的说辞是一周年祭奠，但我总觉得他们没说真话。那么，他们到底为何要将这些人聚集到一起呢？

还有一件事，我一直没想明白。那就是，山森社长为什么会邀请我和冬子呢？如果他们打算在这趟旅行中动什么手脚，难道就不担心我们两个破坏他的计划？

我想了很久也依旧毫无头绪，便拔掉浴缸塞站了起来。泡完澡后，我打算先洗个头发。下水道的排水声和淋浴头的水流声充斥着整个浴室。

走出浴室后，我发现冬子已经回来了，正躺在床上看周刊呢。

孤岛凶案
11 文字の殺人

"不玩弹球了?"

我一边用浴巾擦着头发,一边说道。

"嗯,没零钱了。"

也就是说,要是再给她点零钱,她还能继续玩下去?以前还真没发现她居然这么爱玩。

"其他人呢?"

"山森夫人和由美还在大厅里。竹本先生和村山则子依旧沉浸在《江湖浪子》[1]的世界里。他们看起来很投缘呢。"

"志津子他们呢?"

"说是正准备出去散步,谁知道呢?"

冬子似乎对此没什么兴趣。

吹干头发后,我走到书桌前,拿出大学时用的笔记本开始整理今天的所见所闻。之所以参加这次旅行,其实还有一个目的——我在旅行结束后写一部写实小说。所以我还得顺便为自己的小说收集一些素材。

我随意瞥了一眼床边的时钟,指针指向了八点四十五分。

我工作的时候,冬子正在浴室里洗澡。随着笔记本上出现了越来越多的问号,我的心情也变得越来越烦躁。就在我即将崩溃的时候,她正好也从浴室里出来了。

"怎么了?不顺利吗?"

---

1 该片改编自沃尔特·特维斯的同名小说,讲述以桌球赌博为生的年轻职业球手艾迪被对手击败后,重拾信心、一雪前耻的故事。

第六章　再次出海

她一眼就看出了我的苦恼。

"我总觉得有点不对劲。"我说道,"无论从哪个角度来看,凶手都应该是竹本幸裕的女朋友,也就是那个叫古泽靖子的女人。山森他们不可能想不到这一点,可为什么他们似乎完全没有要找出古泽靖子的意思呢?反倒是怀疑起了竹本正彦,甚至不惜费时费力,对他展开了调查。好像他们从一开始就没有对古泽靖子有过任何怀疑。"

"我们不知道,并不代表他们就没有去找过古泽靖子啊。"

冬子从冰箱里拿出两瓶果汁,分别倒入两个玻璃杯里。

"也可能他们早就在悄悄地调查了呢?就像我们一开始也不知道他们在调查正彦一样。"

"嗯,确实如此……啊,谢谢。"

冬子把橙汁放在桌子上。

"总之,我们也只能耐心等待线索了。就好比这次旅行,我们也根本猜不透山森的真正目的,不是吗?"

我点点头。冬子似乎也有同样的担忧。

我打算再在书桌前坐一会儿。

片刻后,一直看着窗外的冬子突然小声地"咦"了一下。

"怎么了?"

"哦,没什么,就是……好像有人从玄关那里出去了。看着像志津子。"

"志津子?"

我也伸了个懒腰,看向窗外。不过,外面既没有路灯,眼前的树木又十分高大茂密,着实看得不太清楚。

孤岛凶案
11 文字の殺人

"这么晚了怎么还出去?都九点四十分了。"

冬子说完,我看了看闹钟,还真是已经九点四十分了。

"可能是去散步吧。金井没有一起?"

"唔……应该是一个人。"

冬子看着窗外摇了摇头。

又过了一会儿,我们就上床睡觉了。今天本来就起得很早,又折腾了几乎一整天,所以两个人都累得直打哈欠。

"据说早餐是八点开始。你就把闹钟定在七点吧?"

冬子说完,我便将闹钟上的小指针拨到了七点。

此刻刚好十点整。

独白·四

是时候了。

是时候杀那个女人了。

看到那个女人的尸体后,他们会有什么反应呢?当他们发现这个乍一看似乎与事件毫无关系的女人竟然被杀的时候。

不……

其实所有人都知道,那个女人跟此事并非毫无关系。甚至可以说,要不是因为那个女人,根本就不会发生这次的事情。

终于要对那个女人动手了。

光是想想那个情景,我的身体都会忍不住颤抖起来。不是因为恐惧,而是我努力压抑至今的那种情绪,此刻正在不受控制地喷涌而出。

但我依旧很冷静。

我知道我不能再肆意地杀人了,一定要在精心策划之后再动手。而且我现在很平静,非常平静,平静到让我都觉得自己是个很厉害的人。

无须迷惘。夜色很美,沁人心脾。

11文字の殺人

第七章
Chapter 7

一个奇妙的夜晚

冬子贴在岩石上,看上去就像一片小小的花瓣。她一动不动地,任凭海风吹拂着自己的身体。

一瞬间,我感觉自己所有的意识都被吸进了大海里。

"危险!"

有人撑住了我。海天一转,我的脚下一轻……

1

从噩梦中醒来时，周围仍旧一片漆黑。

刚刚的那个梦实在太古怪了。我梦见自己正被一团像黑烟一样的东西猛追不舍。我不知道那黑烟究竟可怕在哪里，但就是下意识地觉得那是个很恐怖的东西。醒来后才发现自己被吓出了一身汗。

而且，头还莫名其妙地痛了起来。

我从床上爬起来，正准备去倒杯水喝，突然发现旁边的床上居然空荡荡的。

仔细一看，冬子的睡衣被叠得整整齐齐地放在床上。我又低头看去，只见她的拖鞋被整齐地摆放在地上，而她的便鞋却不见了。

难道她也和我一样做了个恶梦，所以出去散步了？

我看了看时间，刚过十一点没多久。本以为自己已经睡了很久，原来才过了一会儿啊。

我到卫生间洗了把脸，又换了套衣服。反正已经毫无睡意，而且也不免有些担心冬子，便索性走出了房间。屋外亮得出奇。大厅里似乎传来了笑声，看来还有人没睡呢。

走下楼梯一看，山森夫妇、石仓和老板正坐在那里有说有笑。每个人都拿着酒杯，正中央的桌子上放着威士忌酒瓶和冰桶。

第七章　一个奇妙的夜晚

冬子不在其中。

山森社长第一个注意到我，并抬手打了个招呼。

"睡不着吗？"

"嗯，突然醒了。"

"要不一起喝点？只是这酒比较一般，不算什么高档酒。"

"不用了，谢谢。对了，请问你们看到萩尾了吗？"

"萩尾小姐？没看到啊。"

山森社长摇摇头。

"我们也是大约三十分钟前才来这里的。"

"毕竟只有我哥哥一直在输钱，所以他说在自己翻盘前是绝对不会放我们走的。真是烦死了。"

石仓玩笑般地说道。虽然我根本不觉得这有什么好笑的，但还是很配合地露出了一个笑容后走了过去。

"夫人过来多久了？"

我看着山森夫人问道。

"一样啊。"她答道，"把女儿带回房后就过来了，然后就一直和我丈夫他们待在一起。有什么问题吗？"

"不，没什么。"

我说着又看向了玄关的方向。玻璃门已经完全关上了。

冬子出去了吗？

山森社长他们三十分钟前就到了。也就是说，冬子应该是在十点到十点三十分之间离开旅馆的。

我走到玄关处检查了一下门锁。玻璃门是从里面锁上的。

孤岛凶案
11 文字の殺人

"哦,如果你的朋友在外面,那我们就不能锁门了。"

那位叫森口的胖老板走过来,打开了玻璃门的锁。

"您大概是什么时候锁的门呢?"

"嗯,就在我们快打完麻将的时候……所以就是十点十五分或者二十分吧。我们的规定是晚上十点关门,只是今天我给忘了。"他指着墙上的一张纸说道。

确实,纸上用油性笔写着:"请注意,我们将于晚上十点锁上玄关处的大门。"

我不免开始担心了。

如果冬子是到外面去散步,那就表示她是在十点十五分之前离开的。因为如果她是在那之后离开,那就代表冬子需要先打开门锁。从现在大门还是上锁的状态来看,应该可以排除这种可能性。

我看了看墙上的时钟。现在是十一点十分。也就是说,如果她是在十点左右离开的,那就已经出去将近一个小时了。

"不好意思……"

我重新转向正坐在沙发上聊天的那群人。

"各位真的没见过萩尾吗?"

所有人都不再说话,纷纷看向了我。

"没看到呀,发生什么事了吗?"

问话的人是石仓。

"她不在房间里,我想大概是出去散步了吧。可是已经过了这么久……"

"这样啊,那确实叫人担心啊。"山森社长站起来说道,"要不我

第七章　一个奇妙的夜晚

们去找找看吧。森口，可以借用一下你的手电筒吗？"

"当然可以，不过你们也要小心啊，外面很黑，再往前走一点就是悬崖了。"

"我知道了。佑介，你也一起去吧。"

"当然。可以也借我一支手电筒吗？"

"我也去。"

我说。看着两人认真的样子，我更加不安了。

我们决定分成两组去寻找冬子。石仓打算沿着旅馆前的车道找找，于是我和山森社长便决定在旅馆四周找找。

"怎么偏偏挑这个时候出去？"

山森社长有些愤怒地说道。只有我们两个人的时候，他往往都会用一种居高临下、盛气凌人的语气跟我说话。

"我不知道。当时我们是同时上床睡觉的。"

"大概几点？"

"十点左右吧。"

"那可不行，这也太早了。如果平时的生活方式就不规律，就算偶尔想要早睡也睡不着的。"

我没有说话，只是继续往前走。现在不是反驳他的时候。

旅馆周围是一片小树林，四周铺着简单的步道。沿着步道往里走，就能绕到旅馆的后面。正如老板所说，旅馆后面的确是个悬崖。崖下是一片深邃得仿佛时刻准备把人吸进去的墨蓝色，波浪声不绝于耳。

山森社长用手电筒照向悬崖底部。可那点光根本不足已照亮

孤岛凶案
11 文字の殺人

底部。

"总不能是……"

他自言自语般地低喃道。我没有回应。我丝毫不想回答。

在旅馆外找了一圈也毫无收获,我们也只好先返回大厅了。冬子还没回来。只有石仓佑介沉着脸回来了。

"确定不在旅馆里吗?"

山森社长向老板森口问道。森口用毛巾擦了擦太阳穴上的汗水,答道:"整栋旅馆都找遍了也没找到她。我也问过其他人,但大家都说没见过她。"

我这才发现,金井三郎和志津子也来了。现在唯一不在这里的,只有由美一个人。

"没办法了。我在这里再等一会儿,大家都先去休息吧,等天亮后再出去找。"

山森社长开始安排起了接下来的事。

"要不报警吧?我觉得还是交给警察处理比较妥当。"

竹本正彦有些犹豫地开了口。但山森社长听完立刻就摇了摇头。

"这个岛上没有警察局,只有一个驻在所[1]。真正有管辖权的是警视厅,就算我们现在马上报警,他们最快也要到明天早上才能派出直升机。而且只有在找到充分的证据判定这是一起案件后,他们才会真正采取行动。"

---

[1] 日本政府为在偏远或特殊地区执行勤务的警察和消防相关人员所设立的行政设施,有时候还有附属的生活起居空间。

第七章 一个奇妙的夜晚

"也就是说,我们现在只能等了?"

石仓一边敲着自己的后颈,一边说道。

"总之,大家都先去睡吧,如果没什么事,我们就按计划于明天一早返回。"

听山森社长这么说,大家就开始陆续回房了。但每个人的脸上似乎都写着:都这样了!怎么可能会没事呢?

"我要留下来。"山森社长正打算把我赶回二楼时,我明确地说道。

"倒是您该回去睡觉才是,明天不是还得开船吗?"

"我怎么可能睡得着?"说完,他又坐回了沙发上。

2

最终,山森社长、我,以及旅馆老板森口三人留在了大厅内。

我躺在沙发上等着。睡意袭来时,我觉得自己的意识正在逐渐远去。但下一刻又会立刻清醒。每次想要小睡片刻,我就会被噩梦惊醒。我不记得具体梦到了什么,只记得是个很古怪的梦。

时间一分一秒过去,天色也开始逐渐转白。大厅的钟指向五点后,我们便又出去了。

"冬子……冬子……"

我在晨雾中一边喊着她的名字,一边摸索着往前走。四周一片

寂静，只有我的声音在虚空中回响，就像是对着古井大喊后的回音一样。

焦虑似乎开始侵袭我的胃。我的心跳越来越快，好几次都因为恶心，差点吐出来。而且我的头仍然很痛。

"我们到旅馆后面去看看吧。"

山森社长说道。旅馆的后面就是悬崖了。听懂他的意思后，我的脚步顿了一下。但除了面对，我也别无选择。

太阳开始以惊人的速度爬上空中。雾气散去，眼前豁然开朗。当我的视野已经清晰到足以看清植物根部的所有细节后，内心的不安也开始极速飙升。

由于昨晚太黑了，我这才发现悬崖四周都围着木桩和铁链。但那看起来也不算多牢固，有心之人依旧可以轻松地跨过去。

山森社长跨过铁链，小心翼翼地走近悬崖边缘。海浪的声音传了上来。我多希望他能毫无反应地回头。

他什么也没说，只是低头看向悬崖，然后面无表情地回到我身边。接着，他把手放在我肩上说道：

"我们先回去吧。"

他的声音很平静，让人听不出任何情绪。

"回去……山森先生……"

我震惊地看着他的脸。这时，他放在我肩上的手掌突然收紧了。

"回去。"

这一声阴暗、沉重。我的心也随之狠狠地颤抖了一下。

"悬崖下面有什么……是不是冬子？是不是？"

第七章 一个奇妙的夜晚

他没有回答,只是看着我的眼睛。我已经知道答案了。我挣开他的手掌向悬崖走去。

"别过去!"

他的声音从身后传来。我不管不顾地跨过铁链,站在悬崖边上往下看。蓝色的大海、白色的波浪、黑色的岩面……这一切猛然冲进我的视野。

还有,躺在那里的冬子。

冬子贴在岩石上,看上去就像一片小小的花瓣。她一动不动地,任凭海风吹拂着自己的身体。

一瞬间,我感觉自己所有的意识都被吸进了大海里。

"危险!"

有人撑住了我。海天一转,我的脚下一轻……

１１文字の殺人

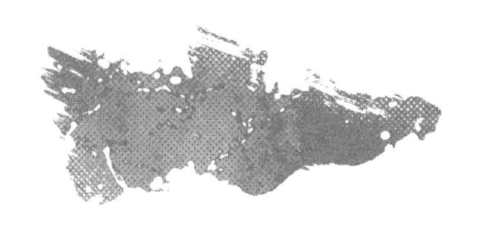

第八章
Chapter 8

孤岛杀人案

这就足以消除所有人的嫌疑了吗?

怎么可能——我暗道。明明一个疑点都没消除。在我看来,这些人全都是敌人。这些我没有亲眼看到过的所谓"不在场证明",对我来说都毫无意义。

1

睁开眼睛时,我看到了白色的天花板。

我正纳闷自己的房间什么时候成了这个模样,记忆就开始慢慢恢复了。

"不好意思,吵醒你了吧。"

一个声音从我的头顶传来。我一看,志津子正站在窗边。窗户开着,白色的蕾丝窗帘随风飘扬。

"我本打算给房间通个风。要关上窗户吗?"

"不用了,这样就好。"

嘶哑的声音从我的喉咙里传了出来。我突然有种悲凉的感觉。

"我刚刚是不是昏过去了?所以才会被抬到这里来吧?"

"嗯……"

志津子轻轻地点了点头。

"冬子……死了吗?"

"……"

她低下头。问完我就后悔了,突然被问及一个答案显而易见的问题,她一定也很为难吧?而且我也知道,那并不是梦境。

我的眼眶一热,便用双手捂着脸,故意咳嗽了一声。

第八章 孤岛杀人案

"那个,其他人呢?"

"都在楼下大厅呢。"

"……他们在做什么?"

"……"

志津子垂下眼睛,似乎有些难以启齿。过了一会儿才低声答道:"好像是在讨论接下来该怎么做。"

"警察来了吗?"

"驻在所派了两个人来了解情况,听说东京那边也会派人过来,只是还需要点时间。"

"原来如此,那我也过去吧。"

刚坐起来,我的头就又开始痛了。身体也有些站不稳了。幸亏志津子看出了我的异样,连忙早一步扶住了我。

"你还好吗?不要勉强自己啊。"

"嗯,没事,第一次昏倒,身体还不太习惯罢了。"

我又说了声"没关系",然后就下了床。我总觉得自己没有踩在地面上。但现在还不是说这个的时候。

进了浴室,我先用冷水洗了把脸。镜子里的脸仿佛一下子老了好几岁——皮肤暗淡,眼窝凹陷。

我本打算从洗脸台上拿起牙刷,结果无意间碰到了冬子的牙刷。那支白色的牙刷,我已经不知见过多少次了。她特别爱护自己的牙齿,向来只会买这个牌子的牙刷。

看着牙刷,我不免想起了她那洁白的牙齿,继而脑海中又再次浮现出了她的笑容。

冬子……

我紧紧抓着她的遗物跪倒在洗脸台前。一股灼热的东西从我体内升起。

下一秒，泪水不受控制地涌出眼眶。

2

走下楼梯时，所有人都"唰"的一下看向我，然后又几乎纷纷移开了视线。唯一没有移开视线的只有山森社长和由美。由美大概是因为听到了脚步声才看过来的，但并不知道来的人是我。

"你还好吗？"

山森社长走到我面前问道。我微微点点头，也不知他能不能看到。石仓佑介起身，将沙发上的座位让给我。我低头致谢。与此同时，一种沉重的疲倦感再次涌了上来。

"那现在……是什么情况呢？"

大家都移开了视线，所以我能问的也只剩下山森社长一个人了。

"森口正带着驻在所的人去现场。"

他用一种低沉、苦涩的声音答道，但面色依旧平静。

"我们的旅行一定是被人诅咒了。"石仓叹了口气说道，"先是去年碰到了那么可怕的意外，这次又出了坠崖的意外。我不是在开玩笑，我们是该做做法事来辟邪了。"

第八章　孤岛杀人案

"意外?"我确认道,"你是说冬子掉下悬崖是一场意外?"

所有人都再次看向我。只是这一次,他们的眼神似乎不一样。

"你不认为这是一场意外吗?"

对于山森社长的问题,我毫不犹豫地点头。仿佛在说"那还用说吗"。

"你的这句话,可是很有分量的。"

他一字一句地说道。

"如果不是意外,那就意味着是自杀或他杀。当然,你不认为这是自杀,对吧?"

"那是当然。"

听到我的回答,山森夫人立即摇着头反驳道:"怎么可能?!他杀是什么意思?那岂不就表示凶手就在我们这几个人之中?"

"嗯,如果真是他杀,那凶手就肯定藏在我们这几个人之中。"

山森社长看上去平静得可怕。

"当然,现在断定这是意外可能还为时过早。更何况对于坠落死亡的案件,在判断是否为他杀的方面,原本就比其他类型的案件更难。"

"即便是这样,我也很难相信凶手就藏在我们中间。"

山森夫人激动地喊道。她涂着口红的嘴唇就像一个独立的生命体似的激烈地扭动着。

"您能说说为什么您觉得这是一起他杀事件吗?"

村山则子的冷静丝毫不输山森社长。她的妆容依旧很精致,她也丝毫没有因为突如其来的变故而表现出任何慌乱。

我扭头看了她一眼，接着又看了看其他人。

"因为现阶段还有很多疑点，所以在这些问题得到解决之前，我肯定无法接受所谓'意外'的说法。"

"你所说的疑点，具体是指哪些？"

山森社长问道。

"首先，悬崖旁边都围着铁链，她为什么要跨过铁链跑去悬崖边呢？"

"也许是有什么不得不去的理由吧。"

回答我问题的是石仓。

"例如她是想翻过去看看悬崖下方。"

"当时悬崖下一片漆黑，什么也看不见。您的意思是她当时特别想看某样东西吗？"

"就是……"

他说到一半就住了口。我继续说道：

"第二个问题就是离开旅馆的时间了。当时玄关上明明用贴纸提示了晚上十点会锁门。她怎么可能为了散步特意跑出去呢？难道就不担心自己会被锁在外面吗？"

"那是因为……"山森社长开口道，"她出去前没注意到那张贴纸吧。"

"您会这么想，是因为您不了解她的性格。她是个很谨慎的人，晚上前一定会先确认好这些信息。"

"不过，您这个说法未免有些绝对吧。"

村山则子努力克制着自己的情绪说道。

第八章　孤岛杀人案

"就算您说的是对的,但也并不意味着萩尾小姐没有离开旅馆啊。也许她是在十点前突然想去散步,并觉得自己一定能在十点前赶回来呢?"

"不,这个可能性不存在。"

山森社长替我回答了这个问题。他对自己的秘书解释道:"据我所知,萩尾小姐是在十点钟上床睡觉的,后来又起身离开了房间,所以很显然,离开旅馆的时间一定是在十点之后。我说的对吧?"

"是的。"

我答道。

"但她确实离开了旅馆啊!不然怎么会死在外面呢?"夫人的语气中带着一丝刻薄。我看着她的脸。

"但这并不一定意味着她是自愿离开旅馆的。也许是被谁叫出去了?甚至有可能是在旅馆中被杀,然后被凶手扔下悬崖的啊。"

"怎么可能?"夫人说着,转过头去。

"原来如此,你说的也的确不无道理,但这种事光靠争论是不会有任何结果的。"

为了缓和这种剑拔弩张的气氛,山森社长看了看所有人后说道:"那就请在场的所有人都说说自己昨晚都做了些什么吧。或许这有助于我们尽快找到真相。"

"就是不在场证明吗?"

石仓不由得皱了皱眉。

"这感觉可真不好。"

"但我们迟早都要面对这个问题。等调查人员从东京过来后,也一定会先问我们昨晚在做什么。"

"所以这算排练咯?"

石仓嘟了嘟嘴,又耸了耸肩。

"怎么样,各位?"

山森社长的目光缓缓扫过每个人的脸。其他人则一边观察别人的反应,一边不太情愿地表示了同意。

于是,我们开始对在场所有人的不在场证明进行确认。

3

"各位应该都知道,我一直在地下室的麻将室里。"

山森社长首先开口说,大概是对自己的不在场证明有绝对的信心吧。

"当然,偶尔我也会去一下洗手间,但一般只会离开两三分钟,根本不足以做其他的事。对了,我弟弟也一直和我在一起。在一起的人还包括森口和主厨。也就是说我们都有证人。"

听到这里,石仓一脸认同地点点头。

"你们是大约几点打完的呢?"

我问。

"十点半左右。"

第八章 孤岛杀人案

山森社长立即答道。

"我昨晚也说过,我们打完麻将后就坐在这里聊天了。聊到十一点左右,你就下楼了。"

"我也一样。就不用多说了吧。"

石仓一脸轻松地说道。

我沉默了一会儿。山森社长扭头对他的妻子说:"到你了。"

夫人看起来很不高兴,不过倒是没有抱怨什么,只是看着我说道:

"吃完饭后,我就一直和由美待在这里。一直到快十点才把由美带到房间睡觉。她躺好后,我就去找我丈夫他们了。然后就一直和他们待在一起,没有离开过。"

"我妻子过来的时候,正好是十点整。"山森社长对我说道,"森口他们也能证明。"

我点点头,接着便自然地看向坐在夫人身旁的由美。

"由美就不用了吧。"

山森先生注意到了我的目光,开口说道。

"我女儿能做什么?"

他说的确实有道理。于是我便又转向了旁边的金井三郎。

"吃完饭后,我玩了一会儿飞镖。"

他开口说道。

"萩尾小姐当时在隔壁玩弹球,村山小姐则和竹本先生在打台球。"

"是的。"

村山则子插话道。竹本正彦也点了点头。

"玩过飞镖后，我就在这里和夫人以及由美聊到了九点半左右。然后回房洗了个澡。洗完澡后打算去天台吹吹风，上去一看，村山小姐和竹本先生已经在上面了。"

"当时大概是几点呢？"

"应该还不到十点吧。"

"嗯，是的。"

一旁的村山则子再次插嘴道。

"确实还不到十点。没过多久，志津子小姐也来了，她出现的时候应该是十点左右。"

"嗯，请稍等一下……"

我看着金井三郎问道。

"你没和志津子小姐一起出去散步吗？"

"散步？"他疑惑地皱着眉，"没有啊。我没离开过旅馆。"

"可是……"

说着，我又看向了志津子。

"九点四十分左右，志津子小姐走出了旅馆。我以为她是和金井先生一起出去的呢。"

志津子闻言露出十分惊讶的神情，大概是没想到自己出门的事情会被我知道吧。

"当时，冬子正好看到你走出旅馆。"

听完我的话，她这才了然地点了点头。

"那应该就是我打算出去找步道的时间了。"

第八章　孤岛杀人案

志津子一边回忆着，一边说道。

"因为夫人问过我这附近有没有可以让由美小姐散散步的步道，所以我就出去找了找。"

"志津子说得没错。"夫人接话道，"这附近的虫鸣声实在是太悦耳了，我就想带着由美出去散散步。所以让志津子先出去帮我看看这周围的环境是否安全。后来她说外面实在太黑了，不太安全，于是我们也就放弃了。"

"志津子小姐出去了大概多长时间呢？"我问。

"应该也就十分钟左右吧。"她回答道，"回来后先是和夫人一起带着由美小姐回房，然后就去了天台……因为金井先生说他洗完澡后会上去。"

说着说着，志津子的声音越来越小。大概是因为这样就不得不将自己和金井三郎的关系公之于众吧。

"到此为止，事情也已经大致清楚了吧？"

村山则子十分自信地说道。

"我和竹本先生一直在打台球。打完台球的时间大概是金井先生回房的前几分钟，也就是快到九点半的时候。然后我和竹本先生去天台聊了一会儿工作。过了一会儿，金井先生和春村小姐也上来了。"

我看向竹本正彦，希望得到他的确认。他点点头表示认同。

"这么一来，所有人的行动都已经很清楚了。"

山森社长一边搓着手掌，一边在所有人的脸上看了一圈。

"也就是说，虽然每个人的行踪都不太一样，但有一点很确定，

就是每个人在十点之后都有确切的不在场证明,而萩尾小姐是在十点后才出去的,所以在场的所有人都没有与萩尾小姐见过面。"

石仓咧开嘴笑了起来。山森夫人则得意扬扬地看着我。

我交叉双臂,低头看着自己的脚。

这不可能……

一定有人在说谎。我不相信冬子会三更半夜跑去悬崖旁边,又不小心掉了下去。

"你好像无法接受?"

夫人那夹杂着一丝嘲讽意味的声音传入了我的耳中。

"既然如此,那我想先问你一个问题,为什么凶手要杀掉那位小姐呢?也就是……动机?是这个说法吧?"

动机……

虽然我很不甘心!但不得不承认这的确是个大问题。为什么凶手非得杀死冬子不可?难道是她被卷入了什么事情之中?……被卷入?

没错!我暗道。我怀疑,她离开房间后应该被卷入了一些可怕的事情中。例如……看到了什么足以让对方不得不将她灭口的可怕的事情。

"想好了吗?请告诉我们凶手的动机是什么吧。"

夫人见我没有说话,再次不依不饶地问道。

"行了。"山森社长说道,"毕竟她失去了最好的朋友,这种时候肯定会对所有人都产生怀疑。证明大家都不在场,我想也就足以消除所有人的嫌疑了吧。"

第八章　孤岛杀人案

这就足以消除所有人的嫌疑了吗？

怎么可能——我暗道。明明一个疑点都没消除。在我看来，这些人全都是敌人。这些我没有亲眼看到过的所谓"不在场证明"，对我来说都毫无意义。

我依旧低着头，紧咬着后槽牙。

4

过了一会儿，旅馆老板和驻在所的巡警回来了。巡警看着约莫五十岁，面色和善，但明显有些不安，大概是被这突如其来的变故给惊到了吧。看到我们后，他并未立即询问任何事情，只是低声和旅馆老板交谈了几句。

没过多久，东京的调查人员也抵达了。来的两位刑警一胖一瘦，先是在大厅里听我们说完了大致的情况，然后又把我单独叫进了餐厅。

"也就是说……"

胖刑警用自动铅笔挠了挠头。

"一直到你们上床睡觉为止，萩尾小姐并没有表现出任何异常。至少在你看来是这样的。"

"是的。"

"嗯……"刑警陷入了沉思。

"你是第一次和萩尾小姐一起旅行吗?"

"不是的,我们曾经为了收集素材一起出去过两三次。"

"那以前发生过这样的事吗?就是萩尾小姐因为睡不着而半夜跑到外面去。"

"至少和我在一起的时候,她应该没有过。"

"那么和你在一起的时候,萩尾小姐入睡得快吗?"

"我觉得是的。"

"这样啊。"

刑警摩挲着下巴的胡碴说道,大概是没时间刮胡子吧。

"所以这次旅行也是你邀请她的,对吗?"

"是的。"

"确实,以收集材料为目的的旅行也可以算是工作中的一部分。不过,萩尾小姐对这次旅行的态度如何?期待吗?"

好奇怪的问题。我歪着头想了一会儿。

"她平时就经常到处旅行,所以应该也没什么特别的吧。单纯只是当作一次放松的机会吧。"

我答道。虽然有点答非所问,但似乎也没有更好的回答了。

"你和萩尾小姐的私交如何?关系好吗?"

"很好。"我毫不犹豫地答道,"我们关系很好……"

胖刑警无声地"哦"了一下。接着,他看了一眼旁边的瘦刑警,然后又看着我。

"这次旅行出发前,萩尾小姐有没有找你谈过些什么?"

"谈?谈什么?"

第八章 孤岛杀人案

"嗯……就是比如最近有什么烦恼啊之类的。"

"啊……"

我终于明白刑警的意思了。

"你们觉得冬子是自杀?"

"没有,我们并不是在下定论。只不过警方有责任考虑到所有的可能性……请先回答我的问题吧。她找你谈论过类似的事情吗?"

"完全没有。而且我也丝毫不觉得她有什么烦心事。无论是在工作还是私生活方面,她都过得很充实。"

听到我这么说,刑警挠了挠头,夸张地撇了撇嘴。他应该是想苦笑的,只不过在我面前努力克制住了。

"好吧。那我就最后再确认一件事。你和萩尾小姐是在十点左右上床睡觉的,对吗?"

"是的。"

"你醒来的时候是十一点?"

"是的。"

"中间那段时间,你处于熟睡状态,一次也没有醒来过?"

"是啊……为什么这么问?"

"啊,倒也没什么……只是,那段时间内应该只有你一个人在睡觉吧……"

"……"

我一时有些不明白刑警怎么突然这么问,便没有说话。但很快,我就惊愕地问道:

孤岛凶案
11 文字の殺人

"所以,你在怀疑我吗?"

刑警挥舞着手掌,好像这很令人愤慨。

"我怎么会怀疑你呢?还是说,我应该怀疑你吗?"

"……"

这一次沉默是因为我完全不想回答这个问题。我瞪了刑警一眼,从椅子上站起来。

"都问完了吧?"

"嗯,问完了,感谢你的配合。"

他的话音还没落下,我就已经走出了餐厅。大概是因为太生气了,我心里的悲伤反而减轻了几分。

过了一会儿,另外两名调查人员走进我和冬子的房间,说要检查一下冬子的行李。他们并没有明确说明目的,但看他们那个样子,应该是希望找到些遗嘱之类的东西吧。

当然,他们不可能找到那种东西。所以离开的时候,他们的脸上都带着明显的失望。

过了一会儿,刚才那个胖刑警也到了。他这次是想让我帮忙确认随身携带的物品。当然,那些都是冬子随身携带的物品。

"对了,刚刚有些事忘了问你,现在可以问吗?"

去餐厅的路上,我问胖刑警。

"可以啊,你想问什么?"

"首先是死因。"我说,"冬子的死因是什么?"

刑警想了一会儿答道:"总而言之,她的全身都受到了剧烈的

第八章 孤岛杀人案

撞击。你也知道，那附近都是坚硬的岩石，完全没有任何缓冲的地方……死者的后脑勺上有一个很大的凹陷，目前推测那应该就是致命伤，所以她应该是当场死亡的。"

"有打斗过的痕迹吗？"

"我们还在调查中，目前尚不清楚。你还有其他问题吗？"

"没有了，目前就这些。"

"那接下来就请你协助我们调查了。"

再次走进餐厅时，我是被刑警推着进去的。那位瘦刑警正站在一张桌子旁边等着我们。桌子上放着熟悉的钱包和手帕。

"这是萩尾小姐的东西吧？"

胖刑警问道。我将这些东西一个个拿起来检查。没错，这些肯定都是她的东西。

上面还残留着她上次喷的古龙香水的味道。再次见到这些东西，我的眼泪几乎要夺眶而出。

"先来检查一下钱包里面的东西吧。"

胖刑警说着，就从冬子生前最爱的赛琳牌钱包中将所有东西全都掏了出来。现金卡、信用卡，以及六万四千四百二十日元现金。

我虚弱地摇了摇头。

"我不知道她原来都装了什么。"

"嗯，也是。"

刑警说完便将卡和现金又重新放回了钱包中。

离开餐厅后，我来到大厅，看到山森社长和村山则子正坐在沙发上交谈。山森社长看到我后立即举起了一只手，而村山则子则没

孤岛凶案
11 文字の殺人

有任何反应。

"看来今天是不可能回东京了。"

山森社长一脸疲惫地说道。他面前的烟灰缸里堆满了烟头,乍一看竟有些像梦之岛[1]。

"那是明天早上出发吗?"

我问道。

"嗯,应该是吧。"

说着,他又往嘴里塞了一根烟。

我本来想直接上二楼,却被突然想起的一件事绊住了脚。那台昨晚曾让我的好友着迷的弹球机,正静静地站在大厅的角落里。

正面的面板上画的是一个穿低胸礼服,手拿麦克风边唱边跳的女人。女人身旁是一个戴着礼帽的中年男人。男人的胸口处便是显示游戏分数的地方。三万七千五百八十分——这应该就是冬子最后的分数了吧?

最后的?

想到这里,我的心不由得猛地一颤。

"不玩弹球了?"

"嗯,没零钱了。"

冬子身上的遗物——现金卡、信用卡,以及六万四千四百二十日元现金。

等等……四百二十日元?

---

[1] 位于东京都江东区的垃圾填埋场。

第八章 孤岛杀人案

这不是还有零钱吗?那她当时为什么会那么说呢?所以应该不是因为零钱用完了才停下游戏……

而是出于其他不得不停下的原因……而且还是个连我都不能知道的原因吗?

5

再次见到所有旅行成员,是在当天的晚餐时分。今天的开席时间比昨天略微早了一点。昨晚的菜品以各式刺身为主,而今晚的饭菜则让人联想到了家庭餐馆。汉堡排、沙拉、汤,以及盛放在盘子里的米饭。感觉这就是一顿用上了旅馆里所有冷冻食品和罐头的盛宴。

当然,如果用餐气氛好一些,或许这顿饭也能吃得很开心。但今晚几乎没有人说话,只能听见叉子和刀子敲击盘子的声音,气氛凝重得让人觉得犹如正在受刑。

我留下半块汉堡排和三分之二盘米饭,走出餐厅,直奔大厅。老板森口正一脸疲惫地在那儿看着报纸。

见我进来,森口放下报纸,用左手揉了揉右肩。

"今天真是太累了。"

老板开口道。

"是啊。"

孤岛凶案
11 文字の殺人

"我也被警察给说了一通。比如旅馆周围的灯光太暗，悬崖边的栅栏根本起不到防范的作用。唉，我现在可终于切身感受到什么叫'亡羊补牢，为时已晚'了。"

我不知该怎么安慰他，便没有说话，只是默默地走到他对面，坐了下来。

"我从没想过会发生这样的事情。"

也许是因为我没接话，他逐渐自言自语。

"早知道会发生这样的事，我就不去打麻将了。"

"除了出去锁门之外，您一直都待在地下室的麻将室里吗？"

我问道。他则一脸沮丧地点点头。

"以前几乎没有过类似的情况。昨天实在是拖得太久了。但山森社长的邀请，我一般都很难拒绝。"

"也就是说，是山森社长邀请您一起打麻将的？"

"是的，所以我也邀请了主厨。"

"这样啊……"

我总觉得哪里不对劲。虽然这里面疑点重重，但也不排除他是想利用森口来证明自己案发时不在现场。

"这么说来，昨晚你一直都和山森社长他们待在一起，对吧？"

"是啊，我们打完麻将之后，就一起待在这个大厅里了。当时你不是也正好下楼看到了？"

"是的。"

如果森口说的都是真话，那山森社长身上就的确毫无疑点了。我谢过他后就离开了。

第八章　孤岛杀人案

回到自己的房间后，我走到书桌前，打算整理出昨晚所有人的行动内容。冬子的死绝对不是意外或自杀。既然如此，就只能假设"有人在撒谎"了。

总结如下：

山森卓也、石仓佑介、森口及主厨四人：晚饭后就一直在打麻将。十点十五分左右，森口独自一人离开麻将桌去锁门。十点半，全员走向大厅。

山森夫人、由美：十点前一直都待在大厅里。十点后二人回房，由美独自一人上床睡觉，山森夫人则去了麻将室找山森社长等人，当时是十点左右。

竹本正彦、村山则子：在大厅一直待到将近九点半，然后上天台。

金井三郎：在大厅一直待到九点半。然后回房洗澡，洗完澡后上天台，当时将近十点，并在天台碰到竹本、村山二人。

春村志津子：在大厅待到九点四十分左右。后受山森夫人的委托，出门勘查四周的情况。回到旅馆后，与山森夫人一同带着由美回房，然后独自一人上了天台。当时应该是十点左右。志津子在天台碰到了竹本、村山和金井三人。

奇怪！

罗列总结后，我很快就注意到了一个非常奇怪的现象。那就是，所有相关人员都像约好了似的，十点一到就聚集在了一起。聚集地分两处，一处在麻将室，一处在天台。

而且，这两处还都有很适合做不在场证明的第三者。例如麻将室里的森口和主厨，以及天台上的竹本正彦。

我不觉得这是巧合。这必定是某人精心布局后产生的结果。

问题是，这到底是个什么局呢？

枉我写了那么多推理小说，面对此案的手法也依旧毫无头绪。

冬子，快帮帮我吧……

我对着空荡荡的床低声说道。

6

第二天一早，我们就离开了Y岛。与我们来时一样，这也是一个完美的风平浪静的好天气，很适合驾船出游。

当然也有不同的地方，那就是众人的表情，以及船行速度。山森社长显然很着急，正全神贯注地驾驶游轮返回东京。我觉得他大概是想尽快逃离Y岛吧。

乘客们更是几乎全程都没有说话。

就连来时被美丽的风景迷得走不动路的那些人，此刻也全都安静地待在客舱中，几乎没有出来过。只有竹本正彦的身影偶尔出现，但他的脸上写满了忧郁。

我坐在后甲板上，与昨晚一样继续思考着手法问题。灵感还没出现，而且也毫无即将出现的迹象。

第八章 孤岛杀人案

"慢点。"

身后传来声音。我转身一看,山森夫人正牵着由美的手走上来。由美的头上戴着一顶宽边草帽。

"怎么了?"

山森社长在驾驶舱内对着两人问道。

"由美说想听海浪的声音。"

夫人答道。

"嗯,没问题啊。让她坐在椅子上就很安全。"

"我也是这么想的,但是……"

"没事,她想坐哪儿都行。"

夫人犹豫了一会儿,最终还是让由美坐在我旁边的椅子上。她什么也没说,但我想她应该是觉得让由美坐在我旁边比较放心吧。当然,我也肯定会好好照顾她的。

"那你别站起来哟。要是觉得不舒服,就告诉爸爸,知道吗?"

"好的,妈妈。不用担心我。"

听到女儿的回答后,夫人似乎略微安心了点,没说什么便转身走下甲板了。

我和由美沉默了一会儿。本以为由美大概不知道我就坐在旁边,但事实似乎并非如此。因为她先对我开了口。

"你喜欢海吗?"

听到这个问题的瞬间,我还没意识到她是在问我。不过很快就反应过来了,因为这里除了我没有其他人了。

"嗯,喜欢啊。"

我愣了一会儿才答道。

"大海好看吗？"

"这个嘛……"我答道，"虽然很多人都说日本的海很脏，但我依旧觉得很美啊。不过这一点主要还是取决于当下的心情，比如我就经常觉得大海很可怕。"

"可怕？"

"是啊，就比如去年那起海难事故，你也会觉得很可怕吧？"

"是的。"

她低着头，双手指尖交扣。我们的对话出现了片刻沉默。

"那个……"

她有些难为情地说道。

"萩尾小姐……真可怜。"

我看着由美白皙的侧脸。我总觉得这话从她口中说出来，有种说不出的奇怪。

"由美。"

我一边观察着山森社长的动态，一边低声问道。

"你是不是有什么话要告诉我？"

"嗯……"

"是不是？"

她沉默了片刻，然后缓慢地深吸了一口气。

"我不知道该和谁说才好……而且也没有任何人问过我。"

是啊！我怎么就把她给忘了，我也太蠢了吧！果然早就该找这个眼睛看不见的少女问问。

第八章　孤岛杀人案

"你知道些什么，对吗？"

我问道。

"不，应该算不上知道什么。"

少女说到这里，似乎又有些犹豫要不要继续说下去。我总觉得自己很能理解她的这种心情。

"没关系，不管我听到什么都会尽量保持平静，更不会说是你告诉我的。"

由美微微点头，似乎放心了不少。

"真的……也许没什么大不了的。"

她有些不放心地又重复了一遍。

"只是我记得的事情，和大家所说的似乎有些不同，这才一直放在心上。"

"洗耳恭听。"

我向她的方向探出了一点身子。与此同时，我也斜眼看了一下山森社长，他正在默默地掌着舵。

"其实……是志津子小姐离开旅馆后发生的事。"

"等一下。志津子小姐离开旅馆的时候……也就是她为你出去找步道的时候吧？"

"是的。"

"那后来发生了什么事吗？"

"是的……后来，门被打开了两次。"

"两次？门？"

"就是玄关门。虽然开门声不大，但我能感到有风吹进来。不

会错的，我确定门被开过两次。"

"请等一下。"

我在脑中拼命地整理着思路。我不太明白她的意思。

"你说的两次，不包括志津子小姐离开的那一次，是吗？"

"是的。"

"那么，这两次中是不是包含了志津子小姐回来的那一次？"

"不，不包含。志津子小姐离开后，玄关门开了两次。志津子小姐是在那之后才回来的。"

"……"

那就意味着有两种可能性。一种是有人离开后又回来，另一种是有两个人相继离开旅馆。

"当时你母亲就在旁边吧？那她应该知道是谁开门的吧？"

"不，当时……"

由美似乎一时不知该怎么说。

"不是吗？"

"……我妈妈当时可能不在我身边。"

"不在？是什么意思？"

"我记得当时她正好去洗手间了。"

"原来如此。"

"也就是我妈妈不在的那段时间，玄关门被打开过两次。"

"这样啊……"

我终于知道她为什么会说"我记得的事情，和大家所说的似乎有些不同"了。综合其他人的说法后可以得知，当晚只有志津子一

第八章 孤岛杀人案

个人离开过旅馆。显然这与由美的记忆出现了差异。

"两次之间隔了多久?只有几秒钟吗?"

"不是。"

她微微歪着头想了想。

"我记得应该是投币式自动电唱机播放上半首歌的时间。"

也就是说,应该过了有一两分钟……

"两次有什么不同吗?比如开门的力度不一样之类的?"

听到这个问题后,少女微微皱着眉头思索着。我知道自己问的有些强人所难了,毕竟哪有人会去关心门到底是怎么打开的这种问题呢?就在我正准备说"没关系,不用想了"的时候,她抬起了头:"第二次开门时,我似乎闻到了一股淡淡的烟味。但第一次没有类似的味道。"

"烟味……"

我握着由美纤细的手,但这似乎让她感到有些紧张。

"我知道了。谢谢你告诉我这些事。"

"我说的这些,对你有帮助吗?"

"现在还不能确定,但我觉得应该会非常有帮助。但这些事,最好不要告诉其他人哟。"

"我明白了。"

少女微微点头道。

我重新坐直身体,看向一望无际的大海。白色的泡沫从船尾涌出,呈扇形散开,最终再度融入大海。我一边看着这个画面,一边一遍又一遍地思考着由美刚才的那些话。

孤岛凶案
１１　文字の殺人

　　玄关门开关过两次……

　　不是某一个人开门出去后又回来。从由美的话中可以得知，第一个走出去的应该是个不抽烟的人，第二个人则是个抽烟的人。两人是在志津子之后离开旅馆的。而且，两人回到旅馆的时间比志津子还要晚。

　　这两个人到底是谁呢？

　　所有人的证词都在我的脑中不停地盘旋。

　　游轮靠岸的时候，太阳还高挂在空中。从昨天起就一脸倦意的人们，在踏上本州岛的土地后，都明显松了一口气。

　　"那我就先告辞了。"

　　拿了行李后，我向山森社长道别。他闻言惊讶道：

　　"我的车就停在这里，如果你不赶时间，就坐我们的车回市中心吧？"

　　"不用了，我还得去趟别的地方。"

　　"这样啊？那我们就不勉强你了。"

　　"真是不好意思。"

　　我又轮番和其他人道了别。不知为何，我总觉得每个人的脸上都带着淡淡的疏远感。似乎在为我的先行离开而暗暗松了口气。

　　"那我就先走了。"

　　我微微点头后转身离开。我没有回头，却能隐约感觉到他们正用怎样的目光看着我的背影。

　　当然，"去趟别的地方"只是我临时想出来的借口而已。我只是

第八章　孤岛杀人案

想尽快离开那些人。

从由美的话中,我终于得出了一个结论。只要这个结论还藏在我心里,我就一秒钟都不想和他们再待在一起。

这是一个非常可怕且非常可悲的结论。

１１文字の殺人

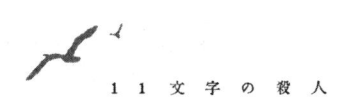

第九章
Chapter 9

什么也没发生

我抬起头看着她的眼睛。这种时候,决不能移开目光。

"其实……是一起谋杀案。"

"……"

"令千金与一起谋杀案有关。"

又是一阵沉默。

1

从海上回来一周后的那个周三,冬子的房间也被打扫干净了。

我以为我已经去得很早了,没想到冬子的姐姐和姐夫已经开始打扫卫生和收拾遗物了。我在葬礼上见过他们夫妻并聊了几句。两个人都伤心地微微歪着头,想不明白怎么会突然发生这种事。当然,我也不知该怎么解释才好。

"如果你有什么想要的,就请告诉我。"

冬子的姐姐一边将餐具放进纸箱里,一边对我说道。好熟悉的一句话。我去打扫川津雅之的房间时,也听过这句话……当时我只拿走了他用过的那张日程表。看到"山森"这个名字后,就开始了自己的一连串调查。

"这里有好多书,有你需要的吗?"

正在整理书架的冬子的姐夫开口问道。姐夫有点胖,慈眉善目,这让我不由得联想起了绘本里的大象。

"不用了,谢谢您。我有需要的书都会马上跟她借来的。"

"这样啊?"

说着,姐夫又开始继续把书装进纸箱中。

我虽然嘴上这么说,但其实并不是真的对冬子的东西不感兴趣。

第九章　什么也没发生

事实上,我今天来这里的主要目的正是检查她的东西,一个可能成为破案关键的东西。

但我不能告诉他们。首先,我甚至不知道这个东西究竟在不在这个房间里。

姐姐收拾餐具,姐夫收拾书本的时候,我开始整理冬子的衣柜。她穿西装很好看,所以柜子里挂着很多套西装。

等我整理得差不多时,冬子的姐姐和姐夫也准备休息一下。姐姐给我们泡了红茶。

"你们和冬子平时似乎不怎么见面吧?"

我问他们两人。

"是啊,因为我妹妹平时好像一直都很忙。"

姐姐回答道。

"你们最后一次见面是在什么时候呢?"

"唔……今年应该是过年的时候吧。她来我家拜了个年。"

"每年都是这样吗?"

"是啊,最近几年都是这样。"

"我家的父母都已经不在了,所以平时也不太注意这方面。"

冬子姐夫的话中隐约带着一些辩解的意思。

"冬子和家里亲戚的关系如何呢?我在她的葬礼上,好像看到了几位您家的亲戚。"

"不算好。"姐姐答道,"甚至可以说几乎没有交集。冬子工作后,家里的那些亲戚就不停地催她去相亲。冬子被催得烦了,便索性不再参加家庭聚会了。"

孤岛凶案
11 文字の殺人

"冬子有男朋友吗?"

"这个嘛……"

她和丈夫对视了一眼后摇了摇头。

"她当时拒绝相亲的时候用的是'工作太忙'的借口。所以反倒是我想问问你呢,你觉得她有男朋友吗?"

她看着我问道。我挤出一个笑容,然后轻轻地摇了摇头。

"我完全不觉得。"

冬子的姐姐一脸了然地点点头。

聊了一会儿后,我们又开始继续整理了。整理完衣柜后,我打算整理一下壁橱。里面放着取暖器、冬天的厚衣服、网球拍和滑雪靴等东西。

拿出小电炉后,原本是小电炉的后方出现了一个小盒子,是一个木制首饰盒。但如果真用来存放首饰,这个盒子又未免过于幼稚了些。我记得冬子说过,这是她在初中还是高中的美术课上用雕刻刀雕刻出来的简易首饰盒。

我拿出盒子,打开盖子。不知道是没上发条,还是里面的机械装置已经生锈的缘故,内置的音乐盒没有发出任何声音。

不过真正吸引我目光的,却是躺在盒子里的一个纸包。盒子里没有任何饰品,只有一个大小刚好够放入其中的纸包。

我有一种预感……

"咦,这是什么?"

冬子的姐姐正好走过来,看着我手里的东西问道:"这应该是油纸吧?里面是什么呀?包得这么严实!"

第九章　什么也没发生

"唔……"

我强忍着内心的激动，慢慢地拆开了纸包。里面出现的，正是我一直在找的那样东西。

"哦？这孩子居然喜欢这种东西啊？"

冬子的姐姐丝毫不觉诧异。我也努力装出一副平静的模样，其实内心早就狂跳不已了。

"那个……这个可以送给我吗？"

听我这么一说，姐姐显得有些惊讶。

"你要这个？其实你可以挑些更好的东西。"

"不用，这个就好。可以送给我吗？"

"当然可以啊。只是你怎么会喜欢这个东西呢……"

"这个就很好了。"我回答道，"而且我想，冬子应该也会希望我带走这个东西。"

2

八月已经接近尾声——

我刚从光号电车[1]上下来，此刻正站在名古屋车站。

我看了看手表，距离约定的时间尚早。还得从这里步行一段路

---

[1] 东海道新干线"光号"(HIKARI) 行驶于东京、大阪、新博多之间。

孤岛凶案
11 文字の殺人

换乘地铁。我一边走着,一边查看头顶的指示牌,从新干线站台到地铁之间,似乎还有很长的一段路要走。

地铁里挤满了人。地铁这种东西,似乎无时无刻不是挤满了人。坐上地铁后,许多从来没听说过的车站从我眼前一一掠过。我单手抓着一张便签条,仔细地听着车内的广播声。

走出地铁站后,我又坐上了出租车。虽然也可以选择公交车,但对方告诉我还是出租车比较快,也不容易迷路。确实,在陌生的地方乘坐公交车总会让人感到有些不安。

出租车开了大约五分钟后便停了下来。爬上一段长长的斜坡后,我来到了一个高台上。四周的群山近在眼前,前方是一座看起来犹如武将家的豪宅的建筑。这并不单纯是一栋年久失修的老房子。仔细观察就会发现,某些位置曾被精心修复过。

直觉告诉我就是这儿了。我看了看门牌,果然没错!我深吸一口气,然后按下门牌下方的对讲机。

"您好。"

里面传来的是一个老人的声音,和我在电话里听到的不一样。想必是这家的女佣人之类的吧?

我报上姓名后,加了一句"是从东京来的"。对方先是让我稍等一会儿,不多久,我就听见了玄关处传来了开门声。

走出了的,是位五十多岁的女人。她穿着围裙,看起来越发矮小了。我跟在她身后走进这座宅邸。

我被带进一间屋顶极高的客厅。里面放着一张看起来很有些年头的沙发,还有一张看起来比沙发更有年头的桌子。墙上挂着一幅

第九章　什么也没发生

我不认识的老人的肖像。此人或许是带领这个家族走向辉煌的某位祖先吧。

就在我把脚趾缠在长绒地毯上玩的时候，刚才的女佣给我端来了一杯冰咖啡。不知为什么，她看起来很紧张。也许她已经听说了我来这里的目的。

也难怪，我对他们而言，应该算是重要客人了吧。

等了大约五分钟，客厅的门打开了。一个面容与身材都十分纤瘦，身穿淡紫色衣服的女子走了进来。她看起来和刚才的管家年纪差不多，但表情和态度却截然不同。当她一开口我立即认出这位妇人就是我曾在电话中交谈过的人。

妇人在我对面坐下，将手掌交叠着放在腿上。

"我女儿在哪儿？"

她一开口便直奔主题。

"现在还不能马上回答您。"

听到我的回答，妇人的眉毛似乎抽搐了一下。

"正如我在电话中提到的，令千金被卷入了一起事件之中。"

妇人没有说话，只是紧紧地盯着我的脸。我继续说道：

"在事件解决之前，我无法告诉你令千金在哪里。"

"那个事件什么时候能解决？"

我想了一会儿答道：

"很快，很快就会解决的。为此，我需要问您一些关于令千金的事情。"

妇人沉默了一会儿，但随即似乎又想起了什么。

孤岛凶案

11 文字の殺人

"你带了我女儿的照片吗?电话里我跟你提过的。"

"带来了,不过拍得不太好。"

我从包里掏出照片,放在妇人面前。她拿起照片,似乎咽了咽口水,然后点点头,又将照片放回桌子上。

"应该没错了。"她说,"这的确是我女儿,只不过好像瘦了一些。"

"她好像吃了很多苦。"

我说。

"可以问你一件事吗?"

她的态度比方才恭敬了许多。我看着她的脸。

"你说的是'事件',具体是哪种事件呢?我完全猜不出来。"

我低下头,不知该如何解释才好。其实我不是没想到她会问我这个问题,而且也已经事先准备好了答案。

我抬起头看着她的眼睛。这种时候,决不能移开目光。

"其实……是一起谋杀案。"

"……"

"令千金与一起谋杀案有关。"

又是一阵沉默。

第九章　什么也没发生

3

从名古屋坐新干线抵达东京站时，已过晚上九点。

我很想马上回家，却又不能真的这么做。因为我在名古屋时，就已经给某个人打过电话约好今晚见面了。

约定的时间是晚上十点。

我走进东京站附近的一家咖啡馆，点了一杯咖啡和一份三明治来消磨时间。三明治有点干，只能就着咖啡咽下去。我一边胡乱嚼着，一边在脑中反复梳理着目前为止发生的所有事情。

我确信自己已经无限接近真相了。当然，并非所有问题都已得到解决，而且准确地说，最重要的问题依旧尚无头绪。我知道这个问题已经不能单纯通过推理来解决了。推理并非无所不能，更何况我也不是什么推理天才。

喝完咖啡，我一边看着窗外的风景，一边站了起来。夜幕降临，随之而来的是一种难以用言语形容的悲伤。

到达山森运动广场时，已经接近夜里十点。抬头一看，楼内大部分的窗户都已经没有灯光了。只剩下二楼的一部分还亮着灯。我这才想起来，那正是健身房所在的位置。

在楼前等了五六分钟。十点钟整，我随手一推，正门旁边标有"员工入口"的玻璃门就被打开了。一楼只剩下夜灯还亮着。虽然电梯似乎还开着，不过我还是选择了楼梯。

孤岛凶案
11 文字の殺人

健身房里空无一人。各种健身器械安安静静、整齐划一地"站"在一起,不禁让我想起了某种工厂。这么看起来好像也没太大差别嘛——我怎么又开始想些无关的事了。

我约见的对象正捧着一本文库本[1],坐在窗边的椅子上读着。大概察觉到有人走近,她抬起头来看向我。

"我一直在等你。"

她的嘴角依旧挂着微笑。

"晚上好,志津子小姐。"我说,"或许……该叫你古泽靖子小姐吧?"

她的笑容出现了瞬间凝固,但也只有瞬间而已,很快便又面带微笑地摇了摇头。

"不,还是叫我春村志津子吧。"志津子继续说道,"毕竟这才是我的真名。你应该也知道的,对吧?"

"好的。"

"那么……"

她说着,示意我坐下。我依言坐了下来。

"我今天去了名古屋。"

听我这么说,她低下头,似乎在书页上捏了一下。

"我猜到了,就在你给我打电话的时候。"

"为什么?"

---

[1] 文库本通常以A6纸张出版,装帧多为平装,便于携带,适合在不同场合轻松阅读。

第九章　什么也没发生

"嗯……就是突然想去。"

"是嘛。"

我也垂下眼帘,不知道该如何切入正题。

"呃……你怎么知道我家在哪里?"

她的问题让我不禁松了口气,有种得救了的感觉。

"因为我想调查你啊。"

我说着抬起头,她的脸上已经没有笑容了。

"可不容易啊,因为你连户籍都没登记过。"

"是的,从资料上看,我现在应该还住在名古屋的家里。"

"是啊,而且我也不愿意大张旗鼓地调查,所以着实费了好一番功夫呢。"

"我想也是。"

她平静地说道。

"事实上,我是从金井三郎这条线入手的。找他的资料倒是简单得出乎我的意料。我去他老家的时候,找人问到了几个他同学的信息,然后挨个儿打听了一遍。其中一个问题就是——你认识古泽靖子或是春村志津子吗?不知道为什么,我总觉得你和金井先生应该是从学生时代起就认识了。"

"那么,有人记得我的名字吗?"

"有一个人记得。"我答道,"是和金井先生上过同一个研讨班的同学。那个人告诉我,自己曾在大四的大学文化节期间遇到了带着女朋友来的金井先生。在介绍你的时候,金井先生说过这是春村兴产社长的女儿,他听了很惊讶。"

"……于是你就找到了我家？"

"说实话，那一刻我觉得自己真是太幸运了。就算有人记得你，也未必能记得住你住在哪里。但要是春村兴产社长的宅邸，那就另当别论了。只要翻翻电话黄页不就够了？"

"所以，你就给我家打了电话？"

"是的。"

"我母亲应该吓了一跳吧。"

"……是啊。"

春村社长夫人的确很惊讶。当我提出想谈谈她女儿的事情时，她用一副责备的语气问我："志津子在哪里？"

——令千金果然离家出走了吧？

面对夫人的诘问，我反问道。不过，我没有得到任何回答，取而代之的是如下质问：

——你到底是谁？如果你知道志津子的下落，请马上告诉我。

——出于某种原因，我现在还不能告诉您。不过，我保证以后定会全部告诉您。您现在能否先告诉我，令千金为何离家出走？

——我不可能告诉你这种来路不明的人。而且我怎么知道你是不是真的知道志津子在哪里？

看样子，志津子的母亲是个十分多疑的人。无奈之下，我只好告诉她：

——其实，志津子小姐被卷入了一起事件中。为了解决这个问题，我必须了解志津子小姐的情况。

"事件"这个词似乎颇有震慑力。我本以为夫人还是会拒绝，没

第九章　什么也没发生

承想她竟同意了,条件是必须当面交谈。

"所以你今天去了名古屋?"

志津子问道。我点点头。

"于是,你从我母亲那里得知了我离家出走的原因?"

"是啊。"

这次换志津子点了点头。

——从前年到去年,志津子一直都在美国留学。之所以送她出去,就是为了让她尽快适应国外的生活。

夫人淡淡地开了口。

——事实上,当时我们准备让志津子嫁给某保险公司社长的外甥。那个人将来可能会被派到纽约的分公司,所以我们就想着让志津子提前出去适应一下。

——不过,志津子小姐自己并不知道这些情况,而且她已经有喜欢的人了,对吗?

听到我的话,夫人露出一丝痛苦的神情。

——我们应该好好沟通的,但我丈夫和女儿都互相听不进对方的意见。结果,志津子离家出走了。

——你们有找过她吗?

——找过。不过考虑到舆论,就没敢动用警力。对外的说辞都是她还在国外。

"是金井三郎先生带你走的吧?"

我问道。

"是的。"

志津子答道。

"你们两个人就这么无依无靠地来到了东京？"

"不，我们有朋友。"

她摆弄着手中的文库本，一会儿卷起，一会儿松开。

"我在美国时认识了一位在东京的日本人，所以我们决定去找他。"

"那个人就是竹本幸裕吧？"

"……是的。"

她握着文库本的手攥得更紧了。

"竹本先生把三郎介绍给了山森社长。所以从去年年初开始，三郎便进入这里工作了。"

"那时你还没来这里工作吧？"

"是的。"

"那住处呢？"

"也是竹本先生帮我们解决的。他有一个朋友要出国，我们便租了那个人的房间。"

"莫非那个房间的主人是……"

"是的。"

志津子小姐轻轻闭上了眼睛。

"就是那位古泽靖子。如果需要证明自己的身份，我也会借用古泽小姐留下的保险证。去年那起海难后，警方来做过调查，当时我用的也是那个名字。因为怕被家里人找到，所以一直不敢贸然使用真名……"

第九章　什么也没发生

原来是这样。

"去年的游轮旅行，也是三郎先生带你去的吗？"

"是的。自从来了东京，我就一直待在房间里闭门不出，心情也比较郁闷。所以三郎就想让我出去放松一下，换换心情。而且据说竹本先生也会去。有他陪着，我就更放心了。"

"原来如此。"

我了然地点点头。

"所有人一起出发后，就遭遇了那起海难，对吧？"

她没有说话，只是紧紧盯着自己的双手。我抬起头，看到一只飞蛾正围着日光灯转来转去。

"我有些事情想请教你。"

过了一会儿，她开口了。

"为什么你会觉得我很可疑？"

她看着我问道。我也直视着她的眼睛，一段煎熬且漫长的时间过去后。

"看来我说反了啊。"我叹了口气，"我应该先说结论才对。只是我很害怕。"

她似乎微微扬起了嘴角。

我继续说道：

"凶手……就是冬子吧？"

一片死寂随之袭来，让人喘不上气。

"川津、新里小姐和坂上先生，都是冬子杀的吧？"

我又重复了一遍。悲伤不知从何处涌上心头，连耳朵也微微发烫。

"是的。"志津子平静地答道,"所以我们一起把她杀了。"

4

"破案的关键在于由美小姐的那句话。"

我将从 Y 岛回来时,由美对我讲过的那些话——在志津子小姐离开后,玄关门被打开过两次——说给她听。

"是吗?"

志津子一脸不可思议,眼神中还带着些许无奈。

"我本以为由美小姐看不见,应该不会有所察觉……果然,这种事情做得再天衣无缝,还是会露出破绽啊。"

"所以,我就一直在思考,你离开之后究竟还有谁走出过旅馆。"我说道,"从由美的话中可以得知,第一次开门时没有闻到味道,但第二次开门时闻到了一股烟味。也就是说,第一个走出去的应该是个不抽烟的人,第二个则是个抽烟的人。首先,在场抽烟的人有山森社长、石仓先生和金井先生。但山森社长和石仓先生当时在麻将室里,所以可以被排除掉。那么,就只剩下金井三郎先生了。"

志津子沉默不语,而此时的沉默就等同于默认。

"问题在于不抽烟的人。每个人都和另外一个人待在一起,理应没有独自溜走的机会。难道有人在证词中撒谎?然后,我逐一确认了大家的证词。其中有一个人的证词引起了我的注意,让我不由得

第九章　什么也没发生

开始怀疑它的真实性。"

志津子依旧保持沉默,只是将目光投向了我,仿佛想要从我的脸上看清事情的来龙去脉。

"其实,就是我自己的证词。"

我一边整理着思路,一边缓缓说道:

"我一直坚信,和冬子一起躺上床的时间是十点左右,但其实并没有任何依据。我唯一能确定的,就是上床时看到闹钟的指针正好指向十点,仅此而已。"

志津子小姐似乎在揣摩我这句话的含义,不久,她像是突然意识到了什么,倒吸了一口凉气。

"你的意思是冬子对闹钟动了手脚?"

我点点头。

"有这种可能性。我平时不戴手表,所以查看时间的唯一方式就是房间里的闹钟。只要把闹钟稍微调快或调慢,就能轻易地扰乱我对时间的感知。而冬子有的是机会对那个闹钟做手脚。当她回到房间时,我正在洗澡,之后我又专注于工作,甚至一度感觉不到时间的流逝。如果她趁这些空隙将闹钟拨快三十分钟,那么我们上床睡觉的时间就不是十点,而是九点半了。"

另外,我还想到了一件事。一向生活作息不规律的我,唯独那天特别困,竟在一个早得令人难以置信的时间点酣然入梦了。在那之前,冬子给我倒过一杯橙汁。我猜那杯橙汁里可能放了安眠药。

我喘了口气,咽了咽口水后继续说道:

"但这里有一个问题。在指针指向九点四十分钟的时候,冬子曾

看着窗外说'志津子小姐出去了'。如果她把闹钟调快了三十分钟，实际的时间就应该是九点十分。但你确实是在九点四十分才离开旅馆的，这里就出现了矛盾。而解释这个矛盾的唯一说法就是，冬子早就知道你会在那个时间点离开。为什么她会知道这些？而且，为什么她要对闹钟动手脚？'调闹钟'的行为让我想起了旧式侦探小说里制造不在场证明的手法。那么，她为什么需要制造这种不在场证明呢？"

志津子没有说话，因为她知道真相。

"我只能想到一种可能性。那就是冬子和你约好了，九点四十分在旅馆外见面，并打算利用这个机会杀你。正如我刚才所说的，调快闹钟是为了制造不在场证明。"

我试着推理冬子的计划。

她在客厅里玩弹珠台的时候，悄悄对志津子小姐说："有件事想和你商量，九点四十分我会在旅馆后面等你。"

约定后，冬子急忙回到房间对闹钟做手脚，趁机把时间调快三十分钟。然后，等到闹钟指向九点四十分的时候，她便说自己看到了志津子小姐的身影。

接着让我喝下掺有安眠药的果汁。

当闹钟指向十点时（实际上是九点半），我爬上床，并迅速入睡。

紧接着，冬子悄悄溜下床，把闹钟的指针调回原位，再小心翼翼地离开旅馆，确保没有被任何人发现。当时由美小姐在大厅里，不过她可能觉得无关紧要。

第九章　什么也没发生

杀害志津子小姐后，再悄悄地回到房间。接着把我叫醒，制造出十点以后的不在场证明。此时，我会误以为自己只眯了一小会儿，但实际上我已经睡了三十多分钟。

随后，大家就发现了志津子小姐的尸体。接下来的剧情大概也会和这次差不多——所有人的不在场证明将会逐一被确认。到时，冬子可能会说她一直和我待在一起。当然，我也会替她做证。

如果此时有人看到志津子小姐在九点四十分离开旅馆，那就再好不过了。因为冬子也在同一时间看到了，这就可以证明闹钟没有被动过手脚。

如果她的计划得逞……也许我现在仍深陷谜团的旋涡，无法自拔。

"不过，冬子的计划失败了。"我说，"金井先生知道你要和冬子见面，所以去了你们约定的地方。就在冬子打算杀害你时，金井突然出现了，反倒把她推下了悬崖……"

"一切正如你所说。"

志津子答道。

"闹钟的事情我不予评论。听到你为萩尾小姐做证，说她在十点时还待在房间里，我们都有些惊讶。还有……冬子小姐确实想杀我。"

虽然是预料中的答案，但绝望感仍旧袭来，令我一度有些恍惚。

因为在内心深处，我一直暗暗期待自己的说法能被志津子否定，可就连这渺茫的希望也彻底破灭了。

"我们来谈谈为什么会发生这些事吧。"

我努力平复着自己的心情。

"其实，冬子……是竹本幸裕的女朋友吧？"

"……"

"我已经知道了。"

我从包里拿出了一个纸包——前几天在打扫冬子房间时找到的。我打开纸包给志津子看。

"你见过这个东西吗？"

我问道。志津子摇了摇头。

"这是竹本幸裕在去年游轮旅行时带在身上的东西。原本放在竹本先生的房间里，后来被冬子擅自拿走了。"

志津子睁大了眼睛。

那是一个锈迹斑斑的小扁酒瓶。

5

"希望你能告诉我。"我说，"在无人岛上究竟发生了什么？如果不弄清这一点，所有的谜团就都无法解开。"

志津子小姐将文库本放到一旁，双手互相搓了搓掌心。显然，她有些犹豫。

"目前我掌握的情况大致是这样的：你们乘坐的游轮遭遇意外后，所有人都往附近的岛屿游去，只有一个男人没有成功抵达。一

第九章　什么也没发生

个女人向所有人求助，希望能救救'他'，但她的请求没有得到任何回应——这些都是由美小姐告诉我的。"

我看着她说道。不过，她的神色并没有明显的变化。

"一开始，我以为是那个女人为了给死去的男朋友复仇，才接连杀那么多人。但事实远比我想象的要复杂，对吧？"

"是的。"

说到这里，志津子总算有回应了。

"事情远没有那么简单。"

"我完全猜不到。"我说，"不过，我有一条重要的线索，是竹本先生留下的。"

我打开手中小扁酒瓶的盖子，将其倒过来轻轻摇了摇。里面掉出了一张卷成细条状的纸条。展开后，可以看到上面密密麻麻写着一些字。虽然字迹有些模糊，但姑且还能辨认出来。

发现这个小扁酒瓶时我已经十分震惊，而这张纸条的出现，更是让我惊讶万分。

"看完后，我就知道这应该是一份记录事故经过的笔记。也许他打算回去后把它整理成文章吧。他将纸条放进了小扁酒瓶里，以免被海水打湿。在这份笔记中有一段话尤为重要：'山森、正枝、由美、村山、坂上、川津、新里、石仓、春村、竹本抵达无人岛。金井掉队。'——从这段内容可以推测，没有游到无人岛的人并非竹本先生，而是金井三郎先生。而当时让大家救他的人，正是志津子小姐。此外，从这份笔记中还能看出，那位叫古泽靖子的女性并未参与旅行。"

"所以，你才开始调查我？"

我点了点头。

"实际上，当时差点命丧黄泉的人是金井先生，而向大家求助的则是春村小姐你。然而，没有人愿意伸出援手……这个结果完全出乎我的意料，也完全猜不出后面究竟发生了什么事才导致竹本先生死亡。于是，我试图通过调查你的过去来找出一些线索，结果却一无所获。唯一得到的信息就是你为爱私奔。"

"……是啊。"

她的声音细若蚊吟。

"不过，我还是试着想象了一下那天在无人岛上究竟发生了什么。如果是因为'某件事'，竹本先生替金井先生丧命，而所有当事人都在隐瞒'某件事'的话，那大概就有些头绪了。"

我直视着她的眼睛，继续说道：

"就在大家都犹豫不决的时候，竹本先生决定去救金井先生。成功救出金井先生后，他愤怒地谴责每一个袖手旁观的人。或许他还威胁大家，说要把这件事写成文章公之于众。于是就与其中某个人发生了争执……最终，那个人杀了他。"

我能感觉到志津子小姐苍白的嘴唇在微微颤抖。我压抑住内心的兴奋，继续说道：

"所有人都同意隐瞒这个事实。竹本先生本该是你们的恩人，但你们又不敢违背自己的老板，也就是山森社长的命令……是这样吧？"

志津子小姐轻轻叹了口气，然后眨了几下眼，用双手捂住了脸。

第九章　什么也没发生

她的内心似乎正在剧烈挣扎。

"算了！"

突然，身后传来一个声音。我回头一看，只见金井三郎正缓缓朝这边走来。

"算了。"

他又重复了一遍。这次是对着志津子说的。

"三郎……"

金井三郎走到志津子身边，轻轻搂住了她的肩膀。然后转过头来看我。

"我来说吧，我全都告诉你。"

"三郎！"

"没关系，还是都说了吧。"

他似乎把她的肩膀抓得更紧了，但眼睛仍直视着我。

他说："我来告诉你吧。你的推理确实很精彩，但也有很多错误的地方。"

我默默地点了点头。

"事情一开始其实非常简单。"他铺垫道，"在逃离游轮时，我好像被什么东西狠狠撞到了头，接着就昏倒了。"

"昏倒了？在海上？"

"是的。幸好我穿着救生衣，所以还能像树叶一样漂浮在水面上。而且，人在昏迷时，是不会呛水的。"

我倒是听过这种说法。

"其他人都顺利到达了无人岛。志津子在那个时候才发现我不见

了，然后连忙在海面四处搜寻，后来就发现一个很像我的身影在海浪中漂浮。"

"当时真的吓死我了。"

志津子说道，仿佛还未从当时的冲击中走出来。仔细一看，她似乎在他怀里微微颤抖。

"我马上向所有人求助，求他们救救三郎。"

我很理解她的心情，便不由自主地点了点头。由美小姐听到的声音，就是那时传来的。

"但是没有任何人去救他，对吧？"

我一边回忆着由美的话，一边说道。志津子小姐想了片刻，说："当时海浪很大，天气也很糟糕，我能理解大家都不敢去的心情。哪怕是我，也没有勇气再跳进海里救他。"

"如果当时昏迷的人不是我，"金井三郎沉重地说道，"我也不确定自己能否毫不犹豫地去救人。"

确实是个棘手的问题啊——我心想，谁也不敢保证自己能做到吧。

"就在绝望之际，有人站出来说了一句'我去'。正如你猜测的那样，是竹本先生。"

果然如此——我暗道。由美小姐当时已经晕倒了，所以并不知道这一幕。

"不过，竹本并非单纯因为正义感而跳海救人。他说，这种要冒生命危险的事情，必须得到与之相应的报酬。"

"报酬？"

第九章　什么也没发生

"是她的身体。"金井三郎回答道,"他似乎在美国时就对志津子有了好感,我也能隐约察觉到。只是并没有明确表达过,毕竟他当时也有女朋友……然而,在那个关键时刻,他竟提出了这样的条件。"

我看了看志津子小姐。

"然后呢?"

"还没等我反应过来,川津先生就说:'在这种时候索要报酬,你还是人吗?'竹本先生立刻反驳道:'你怎么可能理解我的心情,什么都不做的人根本没有资格说三道四。'于是,川津先生就让其他人去救三郎,因为他自己的脚受伤了……"

"但是没有人理会他的请求,是吧?"

"是的。"

志津子低声回答道。

"大家都转过脸去,甚至有人说他不过是因为自己受了伤,才这么说。"

"所以最终,你还是答应了竹本先生的条件,对吧?"

她没有点头,而是轻轻地闭上了眼睛。

"当时的我,首先想的是要救他。"

"于是,竹本先生跳进了海里,成功救下了金井先生。"

"没错。"金井三郎回答道,"醒来后,我发现自己已经躺在地上了。我不知道自己为什么会在那里,唯一知道的就是我得救了。我看了看四周,其他人也都躺在地上,我问了其他人志津子的下落,但一开始没有人愿意告诉我,后来还是川津先生将竹本先生和志津子之

孤岛凶案
11 文字の殺人

间的交易说了一遍，并建议我去劝竹本先生放弃。我连忙四处寻找他们。最终在远处的一块岩石后找到了他们。当时竹本先生正抓着志津子的肩膀，似乎正打算侵犯她。"

一旁听着的志津子默默地流着泪。泪珠沿着她白皙的脸颊滑落，最终滴落在她的手掌上。

"那时……我并没有被侵犯。"她低声道，"当时竹本先生只是想在三郎醒来之前和我约定下次见面的时间。但我后悔了，所以恳求他，如果要钱，我一定会想办法凑齐，但希望他能忘掉之前的约定。不过……他不同意。可他紧紧地抓着我的肩膀说：'我们不是已经约好了？只要陪我一晚，我就永远不会再出现在你面前。'"

说到这儿，她看向了自己的男朋友。她的男朋友痛苦地低下了头，随后深吸一口气，说道：

"但在我看来，他当时确实像是在侵犯我的女朋友。毕竟，我刚刚从川津先生口中得知了那个交易。所以我大声喊了一句'住手'后就猛地将他推了出去。他一下子没站稳，撞上了旁边的岩石，然后就再也没有动弹过。"

金井三郎低头看着自己的双手，仿佛当时的情景仍历历在目。

"我就那样……低头看着他浑身无力地倒在地上。志津子似乎也被吓傻了，只是呆呆地站在原地，不知所措。"

也就是说，没有及时进行抢救——我暗道。

"等我回过神来，山森社长不知何时已经走到我们身边。他摸了摸竹本的脉搏后摇了摇头。我和志津子先是大喊了几声，接着便痛哭起来。可无论我们怎么哭喊，都无济于事了……就在我决定找警

第九章　什么也没发生

方自首的时候,山森社长开口了。"

"他不同意你自首?"

他咬紧牙关,点了点头。

"社长说:'竹本是个卑鄙的人,居然趁人之危提出肉体报酬,实在是令人不齿。你杀他也是出于保护女朋友而采取的正当防卫,根本不需要自首。'"

"所以,山森社长才提议要处理掉尸体吧?"

"是的。"

听到这句话,志津子深深地低下了头。

"社长征求了其他人的意见,并强调了竹本的卑劣行径以及我的行为的正当性。"

"所以,最终所有人都同意了山森社长的提议?"

"是的,大家都认为竹本的行为很无耻。只有川津先生一人不认为这是为了保护志津子贞操的正当防卫,但他的意见被其他人驳回了。"

我能理解他们的想法。

一旦事件公之于众,金井三郎差点死于海上的事情也必然会被曝光。到那时,一定会有人质问,为什么除了竹本以外,其他人都没有出手相救?其他人当时究竟在做什么?如果事情真的发展到那一步,他们必定会遭到舆论的强烈谴责。也就是说,这是一场心照不宣的交易。以隐瞒金井杀害竹本的真相,来掩盖自己对金井三郎见死不救的真相。

"所以,我们一致决定处理尸体。其实并没有采取多么复杂的手

段，只是将尸体直接扔进了海里。如果尸体没被发现，那自然最好；即使被发现，那片海域礁石众多，旁人大概也会觉他是在游泳时被海浪卷走，不小心撞上了岩石吧。"

确实，事情的发展也正如他们所料。唯一失算的是竹本幸裕的小扁酒瓶没有被海浪冲走。

"获救后，你们应该接受过海上保安本部的询问吧？那时你们早已统一了口供，是吗？"

"是的，同时也顺便告诉大家，统一管她叫古泽靖子。"

"原来如此。"

"那起海难后，我也观察了一段时间，看样子我们的计划还是很成功的。不久，志津子也进入运动广场工作，于是我们决定换个公寓。说到公寓，真正的古泽靖子从国外回来后也搬过一次家。这一切让我几乎确信，真相已经完全被掩盖，一切都如我们预想的那般顺利。"

的确，一切都很顺利。谁能想到，一个意想不到的地方居然暗藏陷阱。

"结果并非如此。"

"是的。"他的声音很沉重，"大约是在今年六月，川津先生来找过山森社长，说自己怀疑有人趁他外出旅行时，偷偷潜入过他的房间。"

"房间？"

"是的。而且最关键的是，那些资料似乎被人偷看过。"

"资料是指……对无人岛上那些事情的记录吗？"

第九章　什么也没发生

金井三郎点了点头。

"川津先生似乎一直在承受良心的谴责,也曾表示迟早会让这些真相公之于众,并愿意接受社会的审判。山森社长听到后大为震怒,连连命他立即烧毁那些资料。"

"也就是说,那些资料被某人偷看过?"

"是的。"

"那么,偷看资料的人就是冬子吧?"

"或许吧。"

故事的轮廓逐渐明朗。

山森他们的计划,的确进行得相当顺利。谁能想到,一个意想不到的地方居然暗藏陷阱。竹本幸裕身上的小扁酒瓶里,竟然藏有一张他写的纸条。而发现这张纸条的,正是他的女朋友萩尾冬子。她应该是在打扫死去男朋友房间时发现的吧。

之后冬子的想法,大概与我的猜想八九不离十吧。

看到竹本幸裕留下的纸条后,冬子对他的死产生了疑问。他明明已经游到了无人岛,为何还会丧命呢?而且,为什么每个人都在撒谎?

这些疑问的答案只有一个——他的死是人为造成的,且其他人都与此事有关。

以冬子的性格,一定会为找到真相彻查到底,绝对不会放过任何蛛丝马迹。不过,想必涉事人员都有所戒备。于是,她决定先直接接近其中一个人,那个人就是川津雅之。由于同处出版行业,接近他并非难事。她想尽办法与他熟络起来,并想从他的口中找出无

孤岛凶案
11 文字の殺人

人岛上的真相。

可是，最终和他越走越近的人不是她，而是我。这或许是她最大的失误，但即便如此，她依然尽了最大的努力。也就是说，她利用我和雅之外出旅行的机会，偷偷潜入了他的房间。她用我随身携带的那把钥匙复制出了备用钥匙。至于了解我的旅行日程，那就更是不在话下了。

就这样，她找到了无人岛上的真相，并决定报仇。

"不久，川津先生又来找山森社长谈话，他说自己似乎被人盯上了。而且，不仅仅是被盯上那么简单，据说对方还寄来了一封信。"

"信？"

"是的。用文字处理机在白色的信纸上打了11个字——无人岛上传来的浓浓杀意。"

无人岛上传来的浓浓杀意——

"真是太可怕。"

金井三郎搓了搓自己的手臂，仿佛当时的那阵寒意又一次袭来。

"有人发现了我们的秘密，并打算向我们报复。"

传来的浓浓杀意……吗？

她大概是想用这封预告信来引发他们的恐惧。

"从川津先生被杀的方式，就能看出她要复仇的坚定决心了。"

金井一边继续揉搓着手臂，一边说道：

"新闻报道称坂上先生中毒身亡后，后脑勺遭到了重击，随后尸体被弃置于港口。我想，这可能是为了完美重现竹本先生死亡情景的刻意安排吧。"

第九章　什么也没发生

"安排……"

那个冬子……平日里冷静沉着,脸上始终带着温暖笑容的冬子……

不过,我转念一想,这也并非完全不可想象。她的内心似乎有一团火在燃烧。

"当然,那时我们还不知道凶手是谁。总之,首要任务是取回川津先生留下的事故记录,这件事着实费了不少周折。"

"偷偷潜入我房间的人,是你吧?"

"是我和坂上先生。我们当时也是费了好一番工夫才拿到的。取回之后,马上就烧掉了。然而,还没来得及松一口气,新里小姐就被杀害了。"

后续的情况我基本都了解了。我猜冬子是担心新里美由纪在我的逼问下说出真相,所以才匆忙杀了她吧。在冬子看来,想要让自己的复仇计划顺利进行,就不能让我过早地知道真相。

她安排了我和新里美由纪见面,但实际上在那之前,她应该早就与美由纪约好了见面的时间和地点。

"我不知道这一系列复仇计划的真凶究竟是谁。为了找到这个人,我四处调查,当然也包括竹本先生弟弟的行踪,很可惜并未找到任何线索。后来,我发现你正一步步地接近真相。无奈之下,我只能几次三番地威胁你。"

"所以,你就偷偷潜入我的房间,在文字处理机上留下文字,后来又在健身房袭击了我?"

他揉了揉满是胡须的下巴。

孤岛凶案
11 文字の殺人

"这两件事都是我自作主张。山森社长知道后大发雷霆,说这样做反而会激怒对方。"

的确,那两次警告反而坚定了我继续调查的决心。

不久后,坂上丰也被杀害了。

他遇害的情景和新里美由纪的情况十分类似。换句话说,他打电话来,说想与我们见面时,冬子虽然告诉我说还未确定地点和时间,但实际上早就定好了。见面的地点就在上次那间排练室的后面,看来冬子是独自一人前去杀害了他。

"坂上先生特别害怕那个复仇者。"金井三郎说道,"所以,我向山森社长提议将一切公之于众。这样一来,警方就能保护我们了。可是在那个时候,已经有人提出'萩尾小姐很可疑'的说法。"

"为什么会这么觉得?"

"山森社长通过村山先生,对竹本先生的过去做了彻底的调查。结果发现竹本先生在出版他的第一本书时,编辑恰巧就是萩尾冬子。这怎么看都不像只是单纯的巧合。"

是啊!我真是愚蠢。关于自由撰稿人竹本幸裕的所有信息,我几乎都是从冬子那里听来的。而她,则向我隐瞒了事件中最关键的部分。

"有人认为萩尾小姐很可疑,所以社长考虑与她进行交易。具体来说,就是他会对之前的杀人案件保持沉默,条件是希望萩尾小姐忘掉无人岛上的事情。不过,要进行交易,就必须先找出萩尾小姐是凶手的确切证据。于是,社长决定以坂上先生为诱饵。他认为,如果坂上先生接近你们并表示愿意坦白一切,萩尾小姐一定会来杀

第九章　什么也没发生

害他。实际上，石仓先生一直藏在坂上先生和萩尾小姐的约定地点，计划在萩尾小姐准备动手时，马上现身提出交易。"

"……可是坂上先生还是被杀了。"

"是的。根据石仓先生的说法，萩尾小姐用藏好的锤子重击了坂上先生的后脑勺。这一切发生得太快了。"

"……"

我的口水再次涌了上来。

"所以连石仓先生也吓得腿软，迟迟不敢出去。"

"他居然不敢？"

我的脑海中浮现出石仓先生那张十分自信的脸。吓得腿软……？

"所以，交易的地点就改在了Y岛。"

说到这里，金井三郎再次痛苦地皱起了眉头。对他来说，接下来的事情或许更加难以启齿。当然，就连我都不忍卒听。

"过程正如你推理的那样，不过主动邀约的不是萩尾小姐，而是志津子。她告诉萩尾小姐有重要的事情要和她谈谈，并让她九点四十分在旅馆后面等自己。"

我点点头。所有的事情都差不多水落石出了。

"起初只有我一个人和萩尾小姐谈话。"

志津子平静地说道。或许她的情绪已经稍微平复了一些。

"虽然我并不太愿意，但还是提到了交易的事情。"

"但是，冬子没有同意这个条件，对吧？"

"是的……"她的声音细若蚊吟，"萩尾小姐二话不说便扑向了我。听我提起交易的事后，对我的憎恨更是有增无减。"

我看着金井三郎的脸问道：

"然后你就出现了，接着把冬子杀了，对吧？"

"嗯……"他做出一副似笑非笑的表情，连连摇了两三次头，"真是荒唐啊。最后我为了保护志津子，竟然杀了两个人。而这次，又是山森社长他们替我瞒了下来。"

我不知道该说什么。因为我觉得无论我说什么，大概都不是自己的真心话吧。

金井三郎依然搂着志津子的肩膀，而志津子则紧闭双眼。

看着这两个人，我的思绪在不知不觉间飘向了冬子和竹本幸裕之间的关系。

"那个……冬子应该知道了事情的真相吧？"

两人看着我，愣了一会儿后点了点头。

"既然如此，那就说明冬子也知道竹本先生曾渴望得到志津子小姐的身体。她难道不认为这是男朋友对她的背叛吗？"

听到我的问题，志津子真挚地看着我说道：

"我也曾问过她这件事。我问她：'你就不恨那个三心二意的男人吗？'但她的回答是否定的。她说：'每个人都有优点和缺点。虽然他在私生活方面的确让我很烦恼，但我更珍惜的是他在关键时刻总能拼尽全力的那种生命力。而且，他爱的只是你的身体，又不是你的心。'她还说，那些见死不救却还义正言辞地指责他卑鄙的人，才是最卑劣、最不可饶恕的。"

"……"

"现在我也……这么认为。"

第九章　什么也没发生

志津子小姐颤抖着嘴唇说道。

"当时,为了救三郎,他一定已经做好了赴死的准备。竹本先生用自己的性命交换的,不过是一个女人的身体而已,而且那还是成功后的报酬。"

难以言喻的情绪再次涌上心头。

"还有,冬子小姐之所以怨恨的不止我们这两个人,还包括其他人,是因为我们犯下的错不单单只有竹本先生被杀一事。"

"不单单只有这个?"

我有些意外地转头看着她。

"是的。"

志津子的肩膀微微颤抖着。

"你应该也听说过竹本先生的尸体被发现时的状况吧?他死前还保持着紧紧抓着岩石的姿势。所以,海上保安本部和警方才会认定他是被海浪冲走后,在某块岩石上撞伤了头,临死前拼尽全力游到了岩岸上。"

我终于知道她想说什么了。与此同时,背后不禁产生一阵寒意,我不由得浑身发颤。

"所以,简单来说。"志津子继续说道,"竹本先生当时并没有死,他只是昏迷了而已。我们把他扔进了海里,正是这个行为导致了他的死亡。而川津先生的资料中也提到了这一点。"

原来是这样……

难怪冬子的复仇方式极为残酷。在她看来,这相当于自己的男朋友被杀害了两次。

"这就是所有的真相。"

说完,金井三郎扶着志津子站了起来,她将脸埋进了他的胸口。

"你打算怎么做?"三郎问道,"要报警吗?我们已经做好心理准备了。"

"我什么都不会做。"我摇了摇头,看着二人的脸说道,"我不打算再做什么了,因为无论做什么都是多余的。"

我转身向右走去。沉默笼罩着我们。空无一人的健身房看起来就像一片墓地。

走下楼梯时,我回头看了一眼。两人仍在目送我。我对他们说道:"春村家会来接志津子小姐回去。我答应了要告诉他们志津子小姐的下落,但就算我不说,他们迟早也会找到这里。"

他们对视了一会儿,然后金井三郎朝我点了点头。

"我明白了。"

"那我先走了。"

"好的。"

他说道:"谢谢你。"

我耸了耸肩,轻轻抬了抬手。

"不用客气。"

说完就走下了昏暗的楼梯。

第九章　什么也没发生

6

我本打算直接回家,但上了出租车后又临时改变了主意。我对司机说了另一个地址。

"高级住宅区啊。您住在那里吗?太厉害了。"

面容纤瘦的司机,说话间似乎带着一丝嫉妒。

"不是我家。"我回答道,"是我朋友的。虽然他年纪不大,但已经是个成功人士了。"

"还真是呢。"

司机一边叹了口气,一边转动着方向盘。

"现在这个社会啊,中规中矩的人肯定是发不了财的。只有那些聪明、大胆的人,才有机会成功啊。"

"还得不管别人的死活。"

"嗯,没错。得把人当成工具看待。"

"……是啊。"

之后我便沉默了,司机也没再多说话。

车窗外霓虹灯闪烁不停,冬子的面容不由自主地浮现在我的脑海中。

她当时是带着怎样的心情看着我调查案子的呢?

或许会有些不安吧——那种害怕某天我会发现真相的不安。然而,也许她更坚信真相不可能被揭示。正因如此,她才会选择在真相尚未明朗的情况下,假装协助我调查。这样一来,她便能若无其

事地接近山森他们。

那么,她如何看待我和川津雅之的关系?难道我们只是她复仇中的一环?对于杀死了闺蜜男朋友一事,她是否丝毫不会感到内疚呢?

不,或许并非如此。

川津雅之去世后,她也曾与我一样悲伤过,那副模样不似作伪。真挚的目光内,满是对失去男友的闺蜜的关心和同情。换句话说,至少和我在一起时,她不是那个杀了川津雅之的萩尾冬子,而是我永远最好的朋友……

总之此刻……我只愿意相信这一点。

"是这附近吗?"

突然传来的声音把我拉回现实。汽车驶入了住宅区,我指了指路。

我曾送过由美小姐回家,所以记得山森社长的住处。建筑物的正门前有一个能停放四辆进口车的车库,旁边是一个大门。从大门望去,山森家的宅邸显得十分深邃宏伟。

"这房子可真气派!"

司机感叹道,说完便把找回的零钱递给了我。

出租车离开后,我按下了门口的对讲机。过了好一会儿,传来了一个女人的应答,是山森夫人的声音。听我说是来拜访山森社长后,对讲机的那头用略严厉的语气问道:"你有预约吗?"

毕竟现在已经很晚了,对方不悦也是情有可原的。

"我没有事先预约。"我对着对讲机说道,"不过,如果您转告您

第九章　什么也没发生

先生我来了,他应该会愿意见我的。"

夫人"啪"地挂断了对讲机,看来似乎非常生气。

我在门口站了一会儿,就听到侧门那边传来了"咔嗒"的一声。我走过去转动门把手,门就被轻轻松松地推开了。看样子,这是一扇可以远程解锁的大门。

我沿着石子小路走到玄关,门上装饰着一幅毫无雅致可言的浮雕。推开门,便看到山森社长正穿着长袍等我。

"欢迎。"

他说道。

接着便带我去了他的书房。墙边陈列着书架,上面塞满了数百本书。书架的空隙处摆着一个餐具柜,他从里面拿出了一瓶白兰地酒和玻璃杯。

"今晚找我有什么事?"

他递过来一杯倒好的白兰地问道。整个房间顿时被一股甘甜的香气所笼罩。

"我刚才一直和志津子小姐他们待在一起。"

我试探道。他愣了一下,随即又恢复了往日里的那种充满自信的笑容。

"是吗?你们聊了什么有趣的事情吗?"

"我已经知道了全部真相。"我直截了当地答道,"无人岛上发生的事情,以及冬子死亡的原因。"

他手握玻璃杯在安乐椅上坐下,用空着的另一只手搔了搔

耳垂。

"然后呢？"

"就这样。"我说道，"那两个人大概不会再回来了，也不会再出现在你的面前。"

"是吗？那也是没办法的事啊。"

"这不是你梦寐以求的结局吗？"

"梦寐以求？"

"是的。还是说，他们一起自杀才是最完美的结局？"

"我不太明白你的意思。"

"别装傻了。"

我把玻璃杯放在桌子上，站在他的面前。

"从你知道冬子是凶手的那一刻起，就打算怂恿金井先生和志津子小姐去杀她，对吧？"

"他们是这么跟你说的吗？"

"不是。他们都被你骗了。不仅仅是他们，坂上丰先生也被你骗了。"

山森社长抿了一口白兰地。

"我想听你的说明。"

"这就是我来这里的目的。"我舔了舔干燥的嘴唇，"你想把无人岛上的事情当作家族的秘密。你自己、妻子、弟弟、外甥女——除了他们，其他人都是阻碍。毕竟谁也无法预料这个秘密什么时候会被揭开。川津和新里小姐这两个外人恰巧被杀，所以你就趁势设计让坂上丰先生成为冬子的下一个目标。"

第九章 什么也没发生

"倒是个很有意思的推理。"

"你让坂上丰先生去见冬子,并承诺一旦遇到紧急情况,石仓先生就会马上出来救他。但其实从一开始,你就根本没打算救他,对吧?"

他将玻璃杯从唇边拿开,正好露出了略有些扭曲的嘴角。

"真是让人头疼,我该怎么说你才能明白?"

"收起你那拙劣的演技吧。"我冷冷地说道,"你去 Y 岛的真正目的是杀掉冬子吧?你早就猜到了冬子不可能答应那个所谓的交易。而且你也料到金井先生他们最终一定会杀掉冬子……"

"我可没有预知未来的能力。"

"这不是预知,而是预判。警察到达后,你们打算统一口径,为各自的不在场做证。为此,你们选择了 Y 岛这个偏远的地方,并且为了让不在场证明更具可信度,还让竹本正彦这个毫无关系的第三者参与其中。也多亏了冬子自己制造出来的不在场证明,使得你们的计划更加完美。"

说完,我仍盯着山森社长。他也依旧坐在椅子上,面无表情地看着我。

"你的看法中有一个很深的误会。"山森社长目不转睛地看着我说道,"我们一点也不为当时的决定感到羞耻,直到现在我们依然认为那是正确的做法。确实,我们没有勇气去救金井,但我们并不认为这违背了人道,明白吗?在那种情况下,根本不存在最佳选择,我们只是选择了相对较好的那个选项而已。所以,我们完全无须为此感到羞愧。相反,竹本才是最卑劣的人。哪怕他是冒着生命危险去

救人，但只要要求报酬，就都是卑鄙的行径，更何况还是那个方面的报酬。"

他的语气充满了自信。如果对此一无所知，仅凭这语气就会被他轻易蒙骗。

"我可以问你一个问题吗？"

"请说。"

"'最佳选择'是指所有人都能得救，对吧？"

"嗯，是的。"

"但你说那是不可能的。"

"我的意思是我们不能做出那种选择，因为实在太危险了。"

"那么，当竹本先生打算救金井先生时，为什么你没有阻止他？"

"……"

"换句话说，你根本没有资格说三道四。"

我不禁大声喊了出来，内心涌动的情绪再也压抑不住。

一阵沉默过后。

"算了。"他终于开口了，"你想怎么说就怎么说吧，虽然你这么喋喋不休让我有些不舒服，但事情并不会因此有任何改变。"

"是啊。"我点点头了，"什么都不会改变，也什么都不会发生了。"

"没错。"

"我还有最后一个问题。"

"什么？"

他的目光变得柔和，不过只是短短一瞬。他的视线似乎落在了

第九章　什么也没发生

我的身后——我转过头一看，发现由美正穿着睡裙站在门口。

"醒了？"

山森社长的声音突然变得温柔无比，与之前的语气截然不同。

"是写推理小说的作家老师吗？"

她问道，脸朝向了与我所在位置略有不同的方向。

"嗯，是啊。"我回答道，"不过，我现在要回去了。"

"真可惜。我还想和您聊聊呢。"

"老师很忙的。"山森社长说道，"别耽误她回去。"

"老师，我就说一句话。"

由美沿着墙壁缓缓前行，同时伸出了左手。于是，我走近她，轻轻握住了她的手。

"什么事呢？"

"老师，那个……我爸爸和妈妈不会再被人盯上了吧？"

"啊……"

我屏住呼吸，回头看了一眼山森社长。他的目光闪躲，正看向墙壁的方向。

我紧紧握住由美的手，安慰道："嗯，是啊！已经没事了，也不会再发生任何事情了。"

"太好了！"她低声呢喃道。那张白皙的脸上绽放出宛如仙女般的笑容。

我松开由美的手，转身面向山森社长。还有最后一个问题，但现在不适合问他。

我从包里拿出一张名片，用圆珠笔在背面写下了几行字。然后

走到山森社长面前,将名片递过去。

"你也可以选择不回答。"

他看着名片,面部似乎微微有些扭曲。随后,我将名片收回包里。

"那么,请多保重。"

他没有回答,只是默默地凝视着我的脸。我没有理会他,转身便朝门口走去。由美仍然站在门口。

"再见。"

她说道。

"再见,多保重!"

我说完便头也不回地离开了。

回到自己的家时,已过凌晨一点。

信箱里有一封信,是冬子所在出版社的主编寄来的。

我洗了个澡,躺上床,身上只裹着一条毛巾。今天似乎过得十分漫长。

我拿来那封信。信封里有两张信纸,上面写着不久将会推荐新的负责人给我。字迹工整且美观。信中刻意忽略了冬子的死。

我把信丢了出去,一阵深深的悲伤涌上心头,泪水自脸颊滑落。

冬子……

这样做真的对吗——我低声问道。但这是我唯一能想到的办法了……

当然,没有任何回应,也没有任何人能够给出答案。

我从包里取出名片——那张刚才给山森社长看过的名片。

第九章　什么也没发生

"你当时应该意识到了竹本先生并没有死吧？"

我凝视着那张名片大约十秒钟，然后缓缓撕掉。事情发展到现在，再问这个问题已经没有任何意义了。没人能证明真相，就算证明了，又能改变什么呢？

撕碎的纸片从我手中滑落，啪嗒啪嗒地掉在地上。

也许，对我的考验才刚刚开始。

但是，接下来会发生什么已经不再重要。

因为我已经做好准备了。

无论明天会发生什么——现在我只想睡觉。

１１文字の殺人

解说
Narration

活力满满的体育系作家
宫部美雪

在此，我必须大张旗鼓地声明一点：本篇解说，已得到了东野先生本人的首肯。当时他爽快地表示："写什么都行啊，只管大胆去写就好了！"（实不相瞒，其实是我半开玩笑地跟他讲，要是不答应，我可就毫无文思，一个字都写不出来啦！）

下面，我将凭借自己的独家视角和见解畅所欲言，随意发挥——敬请期待！

众所周知，《放学后》是东野圭吾先生的处女作，他也凭借该作品斩获了1985年江户川乱步奖。当我初次翻开这本书，逐字逐句沉浸其中时，一个念头在脑海中油然而生——"先生真是勇气可嘉"。

东野圭吾先生的创作才华在《放学后》中可谓毫无保留地展露了出来。从严谨精妙的文章架构，到巧妙利用思维盲点构建的密室

解说 活力满满的体育系作家

诡计，再到对校园生活细致入微的刻画，以及以相对小众却极具画面感的"射箭"运动为背景的精巧构思，无一不彰显先生深厚的文字功底与卓越的审美意趣，这些元素也让人得以预见东野先生日后的斐然成就。身为一名普通的推理小说爱好者，最令我拍案叫绝的，还是他对"动机"别出心裁的设定。

从这个别具一格的选择与视角中，我深深体会到了他创作时的那份"勇敢"。但凡读过《放学后》的读者，想必都会在揭开动机的那一刻，心头猛地一亮，忍不住发出"啊，原来如此"的感慨。这个动机既独特又新颖，完全打破了常规。更关键的是，东野圭吾先生作为男性作家，竟能成功地写出如此完整且细腻的作品，他的勇气着实令人佩服不已。不妨设想一下，若在现实生活中，你被迫背负《放学后》里那种独特的动机，会做何反应？恐怕多数人都会下意识地想要逃避，恨不得大喊一声"跳过！"。毕竟，那是个棘手又令人难以启齿的问题。

也正因如此，我对作者东野圭吾充满了好奇，他究竟是怎样一个人，才能拥有如此天马行空又细腻入微的奇思妙想。我和他同龄，这反倒让我觉得更加不可思议，甚至忍不住暗自揣测，他是不是一个心思敏感、爱反复琢磨细节的神经质。在很长的一段时间内，这种想法一直在我脑中挥之不去。后来，我读了他更多的作品，才知道自己当初的猜测大错特错。不得不说，第一印象的影响力过于强大，让人不知不觉就被它左右了判断。

如今，我也踏上了写作的道路，目前还处在蹒跚起步的阶段。在这条路上，我一直怀揣着一个小小的期待，那就是能见见"作家东

孤岛凶案
11 文字の殺人

野圭吾"先生。说来也巧,我们同在一家出版社工作,隶属于同一位责任编辑。我们的编辑时常教导我要学习"东野圭吾那种踏实认真的工作态度"。可遗憾的是,我始终没能与他见一面。虽然我早就听过了许多关于他的传闻和评价,但他对我而言,却如同杂志《家之光》[1]里那些人物一样,只闻其名,不见其人。

幸运的是,我终于在去年(1989年)春天见到了东野先生——在一个青年作家云集的聚会上。哎呀。对那些以欺骗、布局和阴谋为创作元素的推理作家来说,"文如其人"简直是个天大的谎言。

初次见到东野圭吾先生时,我脑海里瞬间蹦出的念头是:
"他简直就像个来实习的体育老师!"

后来才知道,他的确具有极高的运动天赋。接触一段时间后,我发现他不仅性格开朗乐观,浑身洋溢着活力,还十分风趣幽默。在聚会的酒桌上,只要有东野先生在场,氛围就总会格外热烈。相反,一旦少了他,热闹程度便会大打折扣。

毫不夸张地说,无论是读者,还是同行,都对他青睐有加,这无疑彰显出他非凡的人格魅力。(起初我觉得他像实习老师,其实也有这方面的原因——毕竟实习老师往往自带亲和力,特别招人喜欢。这么一想,我这话也算是小小地拍了个马屁吧。)

对了……

我前面曾提到过"对……推理作家来说,'文如其人'简直是

---

[1] 创刊于1925年的乡村文化月刊。

解说　活力满满的体育系作家

个天大的谎言"吧。毕竟，推理作家的核心工作便是绞尽脑汁，构思各类巧妙手段迷惑读者，这几乎是行业共识。不过，当话题转向题材选择和人物性格塑造，情况就大相径庭了。在这些创作环节中，作者的性格会不经意间彰显出来，他们的思想（无论有意为之还是无意识流露）也都会在字里行间忠实呈现。

在我看来，若要用一个词精准概括东野先生作品中的人物特质，"特立独行"无疑是最佳之选。他们的"独行"绝非事不关己的冷漠旁观，而是在奋斗中始终保持的自主与坚守。是他们在不断的奋斗中坚守自我、维持独立的"个性"。

他们时而会遭遇不幸身世的沉重枷锁，时而又要直面荒诞无理的世道。然而，无论面对怎样的困难，他们始终不屈不挠，勇往直前。甚至在即将倒下的那一刻，他们都怀着"向前倾倒"的决绝，哪怕倒下，也要朝着希望的方向。正是这些鲜活且充满力量的人物，共同构筑起了精彩纷呈的"东野世界"。而在他们身上闪耀的这种精神，也与东野先生的创作态度不谋而合。即便是置身于极为注重形式美的本格推理小说领域，东野先生也没有被传统的框架束缚，他始终保持着对创作的热忱，不断推陈出新，致力于创造出独树一帜的作品，从不轻易让自己的作品被简单归类。

从这个角度来看，那句"文如其人"用在东野先生身上，倒也贴切。许多读者倾心支持东野先生的作品，原因绝不止书中妙趣横生的情节、构思精巧的诡计以及扣人心弦的惊险剧情，更因为东野先生的创作态度与作品中鲜活的人物形象深深触动了他们的内心。

被打压、自由被剥夺、尊严遭践踏——这些都是东野世界中的

人物所深恶痛绝的东西。他们将"个性"独立视若珍宝，对他人的同情不屑一顾，对命运的妥协嗤之以鼻，始终高昂着头颅，坚定地大步向前。正是这样的人物塑造，让我们能从全新的角度理解《放学后》中凶手的形象，以及那独特动机的来源。

他们身上有那股不服输的劲儿，既可以被看作一种"反骨"，叛逆地对抗着不公的世界；也能理解为"顽固派"，坚守自己的信念，绝不轻易动摇。

在东野先生的作品中，每一个人物都个性鲜明，绝无丝毫摇摆不定的含糊。无论男女老少（看看《浪花少年侦探团》中的孩子们就知道了！），他们身上无一不洋溢着东野先生所赋予的独特精神，在故事的舞台上尽情演绎着各自的精彩。

《魔球》（讲谈社）中的主人公如此。《沉睡的森林》（讲谈社）等作品中活跃的加贺刑警亦是如此。《宿命》（KODANSHA NOVELS，讲谈社发行的小说系列刊）更是如此，甚至可以说整部作品都是围绕着"即便命运不公，既然无可逃避，那就凭自己的力量扫除一切阻碍"这一主题展开的。

哦，这股韧劲儿！果然是体育系人物的作风。（不过，他们身上的这股气魄并非那种张扬跋扈、惹人厌烦的夸张表现，而是拿捏得恰到好处，有时还会在不经意间流露出幽默诙谐的一面。我想，这可能与东野先生身为关西人独特的性格特质有关。）

东野先生笔下的角色存在感极强，他在推理技巧的运用上更是出神入化。他能随心塑造那些特立独行的人物，既可以让他们由善转恶，也能通过巧妙反转，使人物改恶从善，自由掌控角色的命运

解说　活力满满的体育系作家

走向。

东野先生的作品中，推理布局的精巧程度堪称一绝。像暗藏双重真相、层层反转的《白马山庄谜案》（光文社文库已出版），以倒叙手法开启独特叙事的杰作《布鲁特斯的心脏》（KAPPA NOVELS，光文社发行的小说系列刊），最近在杂志上连载的《假面山庄杀人事件》以及本书《孤岛凶案》，都是绝佳范例。

如果一位作家将全部的心力都倾注于创作之中，对迎合市场、流于俗套的妥协行径深恶痛绝，同时将"个性"奉为创作的圭臬，那么他笔下诞生的作品必然会充满趣味与魅力。这样的作家也就自然会在本格推理小说领域稳稳扎根，成为推动其发展的中坚力量。

由此可见，东野先生的成功绝非偶然，而是水到渠成、实至名归。

值得一提的是，东野先生近来在创作上大胆求新，积极涉足未知领域。他的作品《鸟人计划》（新潮社）便是有力证明，这部极具独创性的体育推理小说，突破了传统推理小说的边界，隐隐开启了通往"科学小说"领域的大门……无疑为读者带来了更多的期待。

如今，科学作为人类智慧的结晶，正逐步走向独立，取代"神"与"哲学"，甚至试图压制其缔造者——人类的思想。不知道面对这一复杂的现象，东野先生将如何解构并呈现这个时代？在科学对"个性"构成威胁的当下，他又将如何勇敢地迎接这场惊心动魄的挑战，为我们带来怎样的作品呢？

各位读者，作家东野圭吾的最新创作绝对不容错过！

宫部美雪

又译宫部美幸,日本作家。其写作范围广泛,曾获第四十五届日本推理作家协会奖、第120届直木奖、第五十五届每日出版文化奖特别奖、第十八届日本SF大奖等。其作品大致被归类为推理小说、时代小说与奇幻小说三大系统。连续11年当选"日本最受欢迎女作家",创日本史上最高纪录,被称为"日本文学史上的奇迹""平成国民作家"。

其作品以温暖的关怀为底蕴,富含对社会的批判与思考。

代表作有《火车》、《理由》及"模仿犯"系列、"所罗门的伪证"系列。

当人性坠入深海
——《孤岛凶案》译后记
潘郁灵

《孤岛凶案》如同深海中的磷光,既照亮了人性的深渊,也暴露了文明的裂痕。

故事以海难为起点,以复仇为脉络,用环环相扣的情节串联起生存与背叛的悲剧,逐步揭开隐藏在日常生活表象之下的道德困境。在本格推理的骨架上,层层包裹着社会派的肌理。读者以为解开谜题便能触及真相,却发现深海之下藏着更幽暗的人性深渊。

东野圭吾在《孤岛凶案》中,将本格推理的精密诡计化为手术刀,剖开现代社会光鲜表皮下的溃烂创口。海难事故不仅是谋杀案的导火索,更是人性实验室的绝佳样本。一旦秩序崩坏,所谓"文明人"的道德准则在生存本能面前不堪一击。以山森社长为首的幸存者联盟,实则是权力与资本的微型缩影。他们以"集体利益"为名投票放弃竹本幸裕,又以"保护家庭"为由掩盖罪行,最终在体制化的共谋中沦为恶的齿轮。这种"平庸之恶"的蔓延,恰是东野对现代社会集体主义文化的尖锐反讽。

故事始于一场看似意外的游艇事故,数位幸存者在无人岛上的

抉择成为整个悲剧的开端。当竹本幸裕为救金井三郎提出以肉体为报酬的交易时，文明社会的道德法则轰然崩塌。川津雅之的愤慨、山森社长的沉默和众人的默许，构成了一幅荒诞的生存群像。有人在良知与恐惧间挣扎，有人在利益与道德前妥协。正如金井三郎将竹本推下岩石的瞬间，当生存的本能碾压人性的光辉时，每个参与者都成为共谋者，用沉默筑起罪恶的壁垒。东野圭吾用近乎残酷的笔触，描绘极端环境下的人性真相：所谓文明，不过是裹在人性外的糖衣。当海浪吞噬道德的最后防线，无人岛上的"见死不救"与"交易救命"，本质上都是对生命价值的物化。这种对人性底色的揭露，让案件超越了普通谋杀的范畴，成为对集体道德的审判。

　　东野圭吾巧妙地运用多个叙述视角与时间线的交错，将读者的注意力从一个情节引向另一个情节，悬念迭起。通过这种叙事设计，将道德困境与人性考验置于故事的核心位置。无人岛上的求救与沉默，不仅是一个情节节点，更是对人性的深刻拷问。在生与死的抉择面前，每个人都暴露出自己内心深处的恐惧、自私与挣扎。小说的深刻之处在于它打破了"复仇即正义"的简单逻辑。冬子的杀戮虽然指向"有罪者"，却也将自己推入深渊。当她站在悬崖边俯视猎物时，眼中闪烁的究竟是正义的火光，还是被仇恨异化的疯狂？东野通过她的挣扎与毁灭，抛出了一个尖锐的问题：当法律无法制裁道德之罪时，私刑是否能成为救赎的出口？这种对复仇伦理的叩问，让故事超越了类型小说的边界。

　　小说中的人物群像，是现代社会的微缩标本，书中的人物塑造具有极高的复杂性与深度。最具张力的当数"我"这个角色。作为

当人性坠入深海——《孤岛凶案》译后记

推理作家,"我"本应是理性的化身,却在调查中逐渐陷入情感与逻辑的悖论。在追求真相的过程中,"我"的内心充满矛盾与挣扎,既渴望揭开真相,又害怕面对真相可能带来的毁灭性后果。山森社长是维系谎言的核心人物,操控全员封口——他用权力织就一张密不透风的网。在他身上,自私被包装成"顾全大局",冷漠被美化为"理性抉择"。他邀请主角参加游轮旅行,看似坦荡,实则是用新的危险掩盖旧的罪恶。而志津子与金井三郎的沉默,则是另一种困局,他们既是受害者,也是罪恶的共谋者,在爱情与良知的夹缝中艰难喘息。所有人都背负着秘密的枷锁,每个枷锁都是一块拼图,既拼凑出真相的轮廓,也折射出说谎者的怯懦。东野通过这种环形叙事揭示:一个谎言诞生,就需要无数谎言来填补,最终形成吞噬良知的旋涡。这种对集体沉默的批判,直指人类趋利避害的本性,让故事成为一面照见人性的镜子。在生存本能与道德伦理的博弈中,没有人能完全置身事外,每个角色都在文明的面具下进行着生存法则的权衡。

在《孤岛凶案》中,东野圭吾巧妙运用"黑暗"意象,营造出压抑氛围,映射人物内心困境。深夜悬崖、封闭船舱、无人岛阴影……这些既是物理场景,更是精神隐喻,凸显人物在道德与心理抉择中的挣扎。在这片黑暗中,每个人都在寻找自己的生存坐标:有人选择用谎言堆砌安全堡垒,有人选择用复仇点燃希望,有人选择用沉默逃避罪责。东野圭吾以冷峻的笔触揭示,文明表象下,每个人都是带着伤口生存的困兽。值得注意的是,由美的生理性失明被赋予哲学深意。她看不见悬崖的黑暗,却能感知"玄关门开启两次"

的真相；无法目击父亲的罪行，却通过声音与气味拼凑出记忆拼图。看不见外界的她，却成为唯一的"清醒者"，以听觉捕捉细节，成为揭穿谎言的关键证人。这种"盲眼见证真相"的设定，构成对成人世界"伪光明"的讽刺。当幸存者们用谎言绘出一幅光明画卷时，真正的洞察力反而属于黑暗中的盲女。由美只能看见黑暗，但这却是五彩斑斓的黑。在人性的迷雾中，唯有心灵才能洞见本质。

东野圭吾用层层嵌套的谋杀案和幸存者们的缄默，织就了一张关于自私、背叛与复仇的巨网。他让海难事件折射出现代社会中人与人之间的信任危机：当川津雅之试图揭露真相时，迎接他的是死亡；当"我"接近真相时，遭遇的是山森等人的集体阻挠。这种对"真相"的恐惧，本质上是对暴露人性弱点的恐惧。

但作者在揭示人性深渊的同时，也为读者留下了一线救赎的曙光。在结局中，主人公选择将真相埋藏于心底，这一决定既是对复仇行为的否定，也是一种对人性的救赎。东野圭吾以一种开放式结局，为读者留下无尽的遐想与思考空间。这一结局并非对罪恶的纵容，而是对人性的宽容与理解，以及对未知未来的希望与期待。

东野圭吾用一场横跨生死的复仇，搭建了一个关于人性的实验室。在这个实验室里，没有纯粹的善与恶，只有被生存压力扭曲的选择。那些在海难中选择沉默的人，那些在复仇中迷失自我的人，共同构成复杂的人性图谱。在推理小说的外衣下，《孤岛凶案》承载着对人性、社会、道德与文明的深度思考，是对人类在极端环境中生存状态的深刻洞察，也是对现代社会诸多问题的隐喻式呈现。

11 MOJI NO SATSUJIN
©Keigo Higashino, [2018]
All rights reserved.
Original Japanese edition published by Kobunsha Co., Ltd.
Publishing rights for Simplified Chinese character arranged with Kobunsha Co., Ltd. through KODANSHA LTD., Tokyo and Kodansha Beijing Culture Co., Ltd. Beijing, China.

© 中南博集天卷文化传媒有限公司。本书版权受法律保护。未经权利人许可，任何人不得以任何方式使用本书包括正文、插图、封面、版式等任何部分内容，违者将受到法律制裁。

著作权合同登记号：字 18-2025-098

图书在版编目（CIP）数据

孤岛凶案 /（日）东野圭吾著；潘郁灵译. -- 长沙：湖南文艺出版社, 2025.7. -- ISBN 978-7-5726-2436-0

Ⅰ. I313.45

中国国家版本馆 CIP 数据核字第 20251NM716 号

上架建议：畅销·悬疑推理

GUDAO XIONG'AN
孤岛凶案

著　　者：	［日］东野圭吾
译　　者：	潘郁灵
出 版 人：	陈新文
责任编辑：	夏必玄
监　　制：	于向勇
策划编辑：	布　狄
版权支持：	金　哲
特约编辑：	张妍文
营销编辑：	黄璐璐　时宇飞　刘　爽
装帧设计：	沉清 Evechan
版式设计：	马睿君
内文排版：	谢　彬
出　　版：	湖南文艺出版社
	（长沙市雨花区东二环一段 508 号　邮编：410014）
网　　址：	www.hnwy.net
印　　刷：	三河市天润建兴印务有限公司
经　　销：	新华书店
开　　本：	855 mm×1180 mm　1/32
字　　数：	209 千字
印　　张：	9
版　　次：	2025 年 7 月第 1 版
印　　次：	2025 年 7 月第 1 次印刷
书　　号：	ISBN 978-7-5726-2436-0
定　　价：	59.80 元

若有质量问题，请致电质量监督电话：010-59096394
团购电话：010-59320018